음악의 신

음악의 신 2

이창연 장편소설

초판 1쇄 찍은 날 | 2016년 10월 21일
초판 1쇄 펴낸 날 | 2016년 10월 28일

지은이 | 이창연
펴낸이 | 예경원

기획 | 위시북스
편집책임 | 박우진
편집 | 이즈플러스

펴낸곳 | 예원북스
등록번호 | 제396-2012-000132호
등록일자 | 2012. 7. 25
KFN | 제1-036호

주소 | 경기도 고양시 일산동구 호수로 646-24 위너스21 II 빌딩 206A호 (우)10401
전화 | 031-819-9431 팩스 | 031-817-9432
E-mail | yewonbooks@naver.com

ISBN 979-11-5845-406-7 04810
        979-11-5845-408-1 (set)

음악의 신

이창연 장편소설

WISHBOOKS MODERN FANTASY STORY

2

Wish Books

CONTENTS

1화
공백을 극복하는 기획 下

"서한유, 서한유!"

트레이너는 오늘도 비어 있는 서한유의 이름을 큰소리로 불렀다. 벌써 4일째 지각이었다.

"크리스티, 한유랑 같은 방 쓰지?"

"네."

"이상한 거 없었어?"

트레이너는 심각하게 물었다. 그러나 크리스티는 잘 모르겠다며 고개를 흔들었다.

"4일째 지각이년 이거 징계감이야. 하, 큰일……."

그때 문이 열리며 누군가가 들어왔다. 강윤이었다.

"서한유 왔습니까?"

"그게……."

강윤이 직설적으로 묻자 트레이너도 답을 피했다. 최고 책임자가 직접 묻는 거면 무척 심각하다는 이야기였다. 다른 소녀들도 긴장감에 미동도 하지 못했다.

"알겠습니다. 계속하세요."

강윤은 한쪽 구석에 자리를 잡고 앉았다. 그 모습에 다른 소녀들이 수군댔다.

'야, 한유 잘리는 거 아냐?'

'그럼 우리 5명 되는 거야?'

'모르지. 아, 벌써 왜 이래.'

'알아서 하겠지.'

투덜대는 소녀부터 걱정하는 소녀, 관심 없는 소녀까지.

그들의 생각을 아는지 모르는지 연습이 시작되었다. 빠른 음악에 맞춰 서로의 동작을 일치시키는 훈련이었다. 그러나 쉽지 않은지 타이밍이 모두가 제각각이었다.

"민아는 너무 빠르고 에일리는 너무 느려. 몇 번을 말하니. 서로 박자를 봐야 한다고."

박자를 보라는 말을 수도 없이 들었지만, 모두 이해가 안 간다는 표정이었다.

트레이너는 답답했는지 가슴을 쳤다.

"사람마다 박자가 미묘하게 달라. 그걸 맞춰야지. 앞으로 너희는 계속 같이할 거잖아. 자, 다시."

빠른 비트의 음악이 다시 흘러나왔다. 그러나…….

음악의 신2

"정민아, 너무 빨라. 혼자만 춤추니? 한주연, 그쪽 아니야."

트레이너의 지적이 계속되었다. 타이밍이 어긋나 소녀들은 마치 파도타기 연습을 하는 듯 보일 지경이었다. 그러나 지적한 것들은 쉽게 고쳐지지 않았다.

'맞출 마음이 없는 것 같은데.'

강윤이 보아하니 정민아는 너무 고집이 셌다. 확실히 춤은 정민아가 제일이었다. 마치 춤을 추면 '너희는 나를 따라와'라고 말을 하는 듯했다. 반면 에일리는 춤에서 제일 모자랐다. 항상 반 박자를 놓치는 기염을 토하니 결국 정민아와는 한 박자 차이가 나버렸다.

당연히 강윤의 눈에 보이는 빛도 중구난방이었다.

'내가 잘못 뽑은 건가?'

소녀들의 연습을 보니 이런 생각마저 들 정도였다. 그러나 아직 초기라 그런 것으로 생각하며 강윤은 차분하게 지켜봤다. 자신이 선발한 연습생이다. 믿어야 했다.

한창 연습 중에 문이 조심스레 열리며 서한유가 들어왔다. 그녀는 죄송하다는 말을 연발하며 트레이너 앞에 섰다. 그러나 평소라면 혼을 냈을 트레이너는 오늘은 무표정한 얼굴로 강윤이 있는 방향을 가리켰다.

"저기로 가 봐."

'헉……!'

강윤을 보는 순간, 서한유는 숨이 멎을 뻔했다. 사무실에 있어야 할 강윤이 왜 여기에 있는 건지. 강윤은 그녀의 총 책임자다. 하필이면 이런 타이밍에······.

서한유는 눈을 질끈 감고 강윤 앞으로 갔다.

"가자."

강윤은 덤덤히 말하곤 서한유를 데리고 밖으로 나갔다.

'대박. 오늘 장난 아닐 것 같아.'

에일리가 걱정스레 속삭였다. 그러나 정민아가 쐐기를 박았다.

'자기가 자초한 건데 어쩌겠어.'

'그치만······.'

"거기거기! 잡담 그만하고 연습해!"

쑥덕이던 소녀들은 결국 트레이너에게 잔소리를 듣고 말았다.

2층 휴게실.

강윤과 서한유는 10분째 침묵하고 있었다.

"······."

"······."

강윤은 아무 말도 하지 않았다. 서한유가 모를 리가 없었다. 4일째 지각이다. 이건 MG엔터테인먼트의 규정상 징계가 들어가도 할 말이 없는 사안이었다. 시간에 철저해야 하는 연예계 특성상 지각이나 결석에 대한 규율 또한 빡빡했다.

그러나 강윤은 기다렸다. 그녀가 입을 열 때까지.

"……팀장님."

"……."

강윤은 대답하지 않았다. 항상 우물쭈물하던 서한유다. 입술을 달싹이는 게 망설이고 있었다. 강윤은 질책보다 기다림을 선택했다.

"……."

"아르바이트하다가…… 늦었어요."

"아르바이트?"

연습생은 아르바이트 금지다. 물론 회사마다 규정이 다르지만 MG엔터테인먼트는 철저하게 금지했다. 연습생은 학교가 직장이라는 이유가 있기 때문이었다. 그러나 강윤은 규정을 꺼내지 않았다.

"집이 어려워졌거든요. 그래서……."

"생활비 때문이니?"

"……네."

"왜 지각한 거니?"

서한유는 지각하지 않기 위해서는 제시간에 버스를 타야하는데 아르바이트가 늦게 끝나 버스를 놓친 것이다.

"……죄송합니다."

"갑자기 무슨 일이라도 생긴 거야? 집안이 어려워지다니?"

"……"

"무슨 아르바이트야? 말해봐."

강윤은 차분하게 이야기했다. 그러나 듣는 서한유에겐 한 없이 매서운 목소리였다. '네가 아르바이트를 하다니, 이유 나 들어보자. 무슨 일 하는데?' 소심한 서한유에겐 이렇게 들렸다.

"패스트푸드예요. 이유는, 그게……"

"혼내려는 게 아니야. 네가 어떤 상황인지 알아야 방법을 생각할 수 있잖아."

"방법…… 이요? 저 퇴출당하는 건가요?"

서한유의 고개가 깊이 떨궈졌다. 무려 지각 4번이다. 무슨 징계가 떨어져도 할 말이 없었다. 물론 지각이 퇴출에 해당 하는 징계 사유는 아니었지만, 서한유는 무서웠다.

그러나 강윤의 생각은 서한유가 생각하는 것과 많이 달 랐다.

"규칙을 어긴 대가는 당연히 치러야지."

"……"

서한유의 표정이 더더욱 어두워졌다. 어떻게 연습해서 여 기까지 왔는데. 크게 질책당할 거라 예상했지만 그 정도가 생각보다 거셌다.

그러나 강윤의 말은 거기서 끝이 아니었다.

"집안이 왜 어려워진 거니?"

"네?"

"이유 말이야."

서한유는 잠시 머뭇대다 힘겹게 입을 열었다.

"어머니가 암에…… 걸리셨어요."

"암?"

강윤은 서한유를 병원에서 본 이유를 알 수 있었다. 어머니의 병문안이었다.

서한유의 집안은 평범한 4인 가정이었다. 아버지는 대기업에 다녔고 어머니는 가정에서 아이들을 돌보았다. 평범하게 학교에 다니던 서한유는 우연히 친구를 따라 오디션에 임했고, 이후 합격해 연습생 생활을 시작했다.

문제는 최근에 벌어졌다. 어머니가 암에 걸려 병원에 입원하면서부터 엄청난 돈이 들기 시작한 것이다. 대기업에 다니는 아버지의 월급으로도 항암에 들어가는 치료비는 감당이 쉽지 않았다. 집안이 점점 어려워지는 모습을 보고 결국 서한유는 기획사 몰래 아르바이트를 하기로 결정한 것이다.

"……죄송해요."

힘겹게 모든 이야기를 마친 서한유는 고개를 깊이 떨궜다. 가녀린 어깨는 덜덜 떨리고 있었고 바닥에는 눈물이 뚝뚝 떨어지고 있었다.

그런 서한유를 보는 게 안타까웠다. 그러나 강윤은 차분하게, 그러나 냉정하게 이야기했다.

"그런 이유가 있었구나. 하지만 한유야, 네가 사정에 의해 아르바이트를 한 건 알겠지만 그래도 연습에 지각한 건 잘못한 거야. 알고 있지?"

"……네."

"징계는 각오해야 할 거야. 지각이니까 내 권한으로 처리할 생각이야."

강윤은 잠시 숨을 고르곤 차분히 말했다.

"경고. 그리고 3일간 정직. 내일 정식으로 통보가 갈 거야."

"……네, 죄송합니다."

"그리고 아르바이트는 당장 그만둬."

강윤의 처리는 냉정했다. 아니, 혹독하리만큼 잔인했다. 연습생에게 정직이란 매우 무거웠다. 정직을 당한 연습생은 회사에 기록이 남는다. 그 기록은 그 연습생을 계속 따라다니며 가수가 되는 길에 어려움을 주게 된다. 가수 선발 오디션에도, 심지어 다른 소속사로 이전할 때도 영향을 준다. 말하자면 주홍글씨였다.

서한유가 연습을 위해 연습실로 복귀하고 강윤은 휴게실에 혼자 남았다.

'인사기록카드부터 찾아봐야겠다. 거기가 희윤이 병원이었지?'

강윤은 서한유의 어머니를 만날 생각이었다. 쇠뿔도 단김

에 빼라고 인사기록카드에서 서한유 어머니의 이름을 보고
는 병원으로 바로 출발했다.

2화
신뢰를 얻다

"저기인가."

강윤은 1509호실이라고 쓰인 병실로 성큼성큼 걸어갔다. 희윤과 함께 병원에 오는 걸 제외하면 오고 싶지 않았지만, 오늘은 과일 바구니까지 들고 병실 안으로 들어갔다.

"누구시죠?"

강윤이 들어가자 마른 체형의 중년 여성이 홀로 창밖을 보다 그를 맞아주었다.

"안녕하십니까? 서한유 연습생을 담당하고 있는 이강윤이라고 합니다."

"아, 아니. 팀장님께서 이런 곳까지 다 오셨습니까?"

서한유의 어머니가 강윤을 모를 리 없었다. 서한유가 팀장님에게 발탁되어 가수가 된다고 귀가 닳도록 이야기한 덕분이었다. 그런 사람을 병실에서 맞으려니 서한유의 어머니는 민망했다. 화장기 없는 얼굴과 듬성듬성한 머리칼 때문이었다. 그녀는 서둘러 모자를 쓰고 거울을 보더니 곧 강윤을 제대로 맞았다.

"아닙니다. 진작 찾아뵈었어야 하는데, 제가 죄송하네요."

"아니, 아닙니다. 한유는 회사에서 잘하고 있지요?"

"네. 물론입니다."

어머니가 가장 좋아하는 이야기는 자식 이야기다. 서한유의 어머니도 예외는 아니었다. 강윤은 자식 이야기를 듬뿍 해드렸다. 회사에서 모범생이라는 것부터 앞으로 이런 가수가 될 것이니 걱정하지 않으셔도 된다는 말까지. 강윤의 이야기에 그녀는 흠뻑 빠져들었다.

강윤이 온 지 1시간 남짓 지났을까. 서한유의 아버지가 들어왔다. 회사에서 바로 온 건지 정장 차림이었다. 그는 병실에서 갑자기 낯선 남자를 보자 당황스러웠다.

"여보, 이분은……."

"자기야, 인사드려요. 우리 한유 회사 팀장님. 한유가 계속 이야기하던 자기 뽑아줬다던 그 팀장님이셔."

"아아! 반갑습니다!"

조용한 서한유의 어머니와는 반대로 아버지는 무척 화통했다. 그는 강윤과 악수를 하고 이내 자리를 권하더니 먹을 걸 계속 갖다 주며 여러 가지를 묻기 시작했다. 서한유의 아버지도 딸에 대해 무척 듣고 싶은 게 많았는지 강윤은 다시 했던 이야기를 또 해야 했다. 그러나 강윤은 싫은 기색 하나 보이지 않았다.

한참 동안 이야기하니 서한유의 어머니가 피곤했는지 잠이 들었다. 강윤과 서한유의 아버지는 같이 담배를 태우러 밖으로 나갔다.

"감사합니다."

서한유의 아버지는 강윤에게 불을 붙여주었다. 두 사람의 하얀 연기가 하늘에 흩뿌려졌다.

"사모님의 상태는 어떠십니까?"

그제야 강윤은 진짜로 알고 싶은 걸 물어볼 수 있었다. 병실에선 쉽게 묻지 못했던 말들이었다.

"간암 중기입니다. 나을 순 있다는데 노력해야죠. 관리도 철저히 하고 말입니다."

"힘드시겠습니다."

"아닙니다. 가장은 그런 거 모릅니다. 괜찮아요."

강윤은 그 말에 깊이 공감했다. 가장이라는 말은 그만큼 강한 존재였다. 지킬 게 있다면 사람은 그 누구보다도 강해지는 법이다. 강윤, 그 자신처럼.

"우리 한유한테 혹시 무슨 일 있습니까?"

"……."

남자들끼리의 대화는 진중했다. 서한유의 아버지는 강윤

이 뭔가 할 말이 있다는 것을 알 수 있었다.

"한유에게 무슨 일이라도……."

"아닙니다. 아시잖습니까. 한유 성실한 거."

"잘 알죠. 너무 올곧아서 문제라면 문제죠."

"맞습니다. 그래서 찾아왔습니다."

"무슨 일이 있군요."

강윤은 양해를 구하고 담배를 다시 빼 들었다. 잘 태우지 않는 담배였지만 지금은 이상하게 담배가 생각났다. 서한유의 아버지도 영향을 받았는지 다시 담배에 불을 붙였다.

"한유가 아르바이트를 했습니다. 패스트푸드점에서요."

"아르바이트라……. 회사에서는 아르바이트를 금지합니까?"

"네. 연습에 방해되는 모든 것을 배제합니다. 덕분에 한유는 징계를 받았습니다."

"징계? 징계라면……."

"3일 정직입니다. 물론 앞으로 가수가 되는 데 지장은 없으니까 안심하셔도 됩니다. 제가 여기 온 이유는 앞으로도 한유가 계속 아르바이트를 할 걸 알기 때문입니다. 저는 그걸 막으러 왔습니다."

"3일 정직이면 큰 거 아닙니까? 아르바이트를 또 한다? 이건 무슨 말씀이신지……."

"정직은 당연히 큰 징계입니다. 하지만 가수가 되고 활동을 하는 데는 지장이 없다고 말씀드리겠습니다. 거기에 대해선 확실히 책임을 지겠습니다."

정직이라는 말에 기막혀 하는 서한유의 아버지를 보며 강윤은 잠시 망설였다. 남의 집안일에 나서는 건 크나큰 실례다. 그러나 여기서 나서지 않는다면 서한유에게 더 큰일이 생길지 모를 일이었다. 강윤은 이내 마음을 붙잡고 말했다.

"실례되는 말씀이지만 암 치료 때문에 집안이 어려워지셨다는 걸 알고 있습니다. 덕분에 한유가 아르바이트까지 하게 되었고 말입니다."

"하! 그 애가…… 그렇게까지 하지 않아도 되는데……. 아닙니다. 생활이 조금 어려워지긴 했지만 제 봉급으로 감당할 수 있는 수준입니다. 그동안 모아놓았던 돈도 있고 말입니다."

"한유는 그걸 잘 모르는 모양입니다. 한유 같은 아이는 강제로 하지 말라고 해도 자기가 맞다 생각하면 다시 그 행동을 반복할 아이입니다. 그렇게 되면 저는 원칙을 지켜야 하기에……. 아버님, 저는 한유와 오래가고 싶습니다. 도와주십시오."

서한유의 아버지는 강윤이라는 사람에 대해 확실히 알 수 있었다. 요즘 중구난방으로 가수를 만들어주겠다고 하는 사람들이 많이 생기고 있다 해서 딸에 대한 걱정이 많았다. 그런데 이런 세심한 배려라니. 이런 사람은 근래에 드물었다.

들기론 회사에선 연습생을 소모품처럼 취급한다던데 이 사람은 확실히 달랐다.

"알겠습니다. 한유에게는 제가 확실히 말해놓겠습니다."

"한유가 아버님 말씀은 잘 듣는다 들었습니다. 가장 존경하는 사람이 아버님으로 알고 있으니까요."

"허허, 그렇습니까. 걱정하지 마십시오. 그리고 감사합니다."

서한유의 아버지에게 다시 한 번 부탁하고 강윤은 병원을 나섰다.

집으로 향하는 버스를 탄 강윤은 서한유에 대해 생각했다.

'과거의 서한유, 그러니까 가수 윤은 어머니에 대해서 절대 말을 하지 않았지. 그리고 무슨 이유에서인지 회사를 그리 좋아하지 않았어. 재계약 시즌에 제일 먼저 옮긴 것도 윤이었다. 어머니와 관련해서 이런 일이 있었기 때문이 아니었을까? 이번 일이 나쁘게 끝나지 않았으면 좋겠는데…….'

한강 다리를 건너며 강윤은 여러 가지 생각을 하며 잠시 눈을 붙였다.

다음 날.

소녀들의 연습장에는 무서운 공지가 떨어졌다.

"서한유는 정직 3일이다. 사유는 지각 4일."

"에엑?!"

오늘은 늦지 않은 서한유까지 6명의 소녀는 트레이너에게 엄청난 말을 듣고 눈이 휘둥그레졌다.

"아니, 지각 4일 했다고 정직이라구요?"

"가수반 장난 아니다."

정민아와 이삼순이 놀라 한마디씩 했다. 다른 소녀들도 수군거리기는 마찬가지였다.

"조용조용! 서한유는 연습이 끝나면 오늘은 집으로 가도록. 정직 기간에는 숙소도 못 쓰는 거 알지?"

"네."

"자, 그럼 오늘 연습 시작해 볼까?"

수다를 떨 시간도 없이 연습이 시작되었다. 언제나 그랬듯 소녀들의 연습은 빡빡하게 진행되었고 모두가 지쳐 떨어질 때까지 계속되었다.

"수고하셨습니다."

연습이 모두 끝나고, 소녀들은 지친 몸을 이끌고 샤워실로 향했다. 온몸에 연기가 피어오르며 땀 냄새가 진동하는 소녀들은 이미 평범한 10대가 아니었다.

"아, 뭔 연습이 이렇게 고되냐……."

언제나 느긋한 이삼순도 연습이 끝나니 흐느적거렸다. 휴식 시간이 어떻게 지나갔는지도 몰랐다. 연습, 또 연습. 무식한 스파르타 연습은 생각만 해도 소름이었다.

"아, 그냥 이대로 자고 싶다아…….."

언제나 기운이 넘치는 정민아도 눈이 풀려 있었다. 바닥에 눕기만 하면 잘 기세였다.

"It's so crazy! I'm……."

"저년 입 막아라. 또 문자 쓴다."

"읍읍!"

영어로 뭐라뭐라 중얼대는 에일리 정과 싫어하는 정민아, 그리고 행동하는 한주연까지. 연습에 몸은 지쳤지만 조금씩 장난을 치며 친해지고 있었다.

샤워를 끝내고 나와 보니 다른 연습실은 모두 불이 꺼져 있었다.

"맨날 우리가 끝이네."

크리스티 안이 투덜거렸다. 가수반이 된 이후로 다른 연습실 불이 켜져 있을 때 끝난 적이 없었다. 다른 소녀들도 저마다 투덜거리긴 마찬가지였다.

원래 모두 같이 숙소까지 귀가하지만 오늘은 달랐다. 서한유는 집으로, 나머지 소녀들은 숙소로 향해야 했다.

"나도 지각해서 징계 받을까?"

"뭐라는 거냐."

집에 가는 게 부러워 에일리 정이 한마디 했다가 크리스티 안에게 한소리 거하게 들었다. 징계는 기록이 남기 때문에 좋을 게 하나도 없었다. 소문이라도 나면 나중에 다른 회사 오디션 볼 때도 타격이 올 수 있다.

그렇게 소녀들이 떠들며 회사 로비를 나서는데 입구에서 서한유를 기다리는 손님이 있었다. 서한유의 아버지였다.

"어? 아빠."

"한유야."

"안녕하세요."

서한유의 아버지가 차를 대놓고 딸을 기다리고 있었다.

소녀들과 서한유의 아버지가 인사를 하고, 곧 헤어졌다. 서한유의 아버지는 소녀들에게 가면서 음료수라도 마시라며 돈을 내밀었고 소녀들은 환호했다. 덕분에 서한유의 주가도 상승했다.

집으로 가는 길, 차 안에서 서한유는 아버지에게 물었다.

"어떻게 오셨어요?"

"너희 팀장님에게 연락을 받았어."

"팀장님이요? 강윤 팀장님이요?"

서한유는 의외라는 생각에 눈이 커졌다. 팀장님이 대체 왜? 이유를 알 수 없었다.

"팀장님이 이 시간쯤이면 끝날 거라고 마중 가면 될 거라 하셨거든. 요새 아빠가 엄마랑만 있느라고 우리 딸하고 대화 할 시간도 없었는데 이렇게 가면서 이야기라도 하면 좋겠다

싶었지. 그래서 달려왔어."

"아빠……."

"새삼스럽게. 요샌 무슨 일 없지?"

"없어요. 괜찮아요."

서한유는 언제나 의젓했다. 착하고 바르고, 누구에게나 친절했다. 그러나 속으로 낑낑대며 누르는 일들이 있었다. 아버지는 그 이야기를 듣고 싶었다.

"요새 아르바이트 한다며?"

"그걸 아셨어요?"

"들었지. 팀장님한테. 다 알고 있어. 이번에 3일 동안 쉰다며? 휴일 얻었다 생각하고 푹 쉬었다 가. 너희 팀장님도 그러라고 했으니까."

"팀장님이…… 그러셨어요?"

"너희 팀장님 저번에 병원에 오셨었어. 엄마 병문안 오셨더라."

서한유는 큰 충격을 받았다. 강윤이 병문안을 올 줄은 꿈에도 생각하지 못했다. 어머니가 아프다고 아르바이트를 했다 해도 봐주는 것 없이 징계를 내리던 강윤이었다. 징계가 당연하다 생각도 했지만, 피도 눈물도 없는 모습이 서운하게 다가왔는데 병문안이라니.

놀라움은 그게 끝이 아니었다.

"네 이야기 많이 해주고 가셨어. 이대로 열심히 하면 좋은 가수가 될 수 있데. 그런데 지금 아르바이트를 하면 가능성을 썩히는 거라며 안타까워하더라. 한유야, 집은 괜찮아. 아빠 돈으로 엄마 치료비 다 낼 수 있어. 네가 아르바이트 같은 거 하지 않아도 돼."

"아빠, 하지만……."

"너는 가수 되는 것에만 집중해. 우리 딸은 마음만 먹으면 뭐든지 잘 해내잖아. 그렇지?"

"그래도……."

"알았지?"

아버지의 부드러운 권유는 거역할 수 있는 성질의 것이 아니었다. 서한유에게 아버지의 권위란 그런 위력이 있었다. 사실 이미 본인도 알고 있었다. 지금은 아르바이트할 때가 아니라는 걸.

"정말 집은 괜찮아요?"

"아빠를 못 믿는 거니?"

"그게 아니라…… 아니에요. 알았어요."

서한유는 결국 마음 한구석에 계속 자리 잡고 있던 아르바이트에 대한 생각을 완전히 접었다. 말 그대로 한 가지만 집중하기로 마음먹은 것이다.

"좋아좋아. 한유야, 아빠 기분도 좋은데 담배 한 대만……."

"절대 안 돼요."

담배를 꺼냈다 다시 넣은 아버지는 괜스레 풀이 죽었다.

딸의 잔소리는 역시 무서운 법이었다.

부녀가 탄 차 안은 화기애애했다.

그들이 탄 차는 야경이 펼쳐진 대교를 지나 유유히 집으로 향했다.

♪ ♩ ♫ ♩ ♪

화사한 아침, 희윤은 된장찌개를 끓여 강윤과 식사를 하고 있었다.

그런데 아침부터 강윤에게서 이상한 말을 듣고 수저를 탁 내려놓았다.

"엥? 아침부터 그게 무슨 말이야, 오빠?"

"오늘 학교 마치면 여기로 와. XX역 2번 출구로 나와서……."

그러나 강윤은 희윤에게 자세한 설명을 해주지 않았다. 그저 주소와 약도를 그려주며 오라는 말뿐이었다. 당연히 희윤은 오빠의 말이 전혀 이해가 가질 않았다.

"어제까지 아무 말 없다가 이사라니. 미리 말을 했어야지. 이사 가려면 짐도 싸야 하고, 그러려면 돈도 있어야 하는데……."

희윤은 말끝을 흐렸다. 투석비와 각종 검사비, 그리고 치료비 등으로 매달 자신에게 강윤이 엄청난 비용을 들이고 있다는 걸 잘 알고 있었다. 그런데 집을 구했다면 결국 빚이다, 빚. 요즘 집 때문에 빚지는 사람들이 늘고 있다는 뉴스를 얼핏 들은 희윤은 집 이야기가 반갑게 다가오지만은 않았다.

하지만 강윤은 나만 믿으라는 듯, 할 말을 계속 이어갔다.

"걱정 마. 이삿짐센터 불렀어. 오빠 오늘 반가 내서 늦게 출근할 거고. 희윤이는 그냥 학교 갔다가 끝나면 여기로 오기만 하면 돼."

"하지만 오빠, 준비할 것도 많을 텐데……."

"별로 없어. 센터에서 다 알아서 해줄 거야. 오빠가 다 알아서 할 테니까 학교 잘 다녀와. 그동안 우리 학교나 직장 너무 멀어서 힘들었잖아. 병원도 멀었고. 이제 좀 더 좋은 곳에서 사는 거야. 알았지?"

"우리가 돈이 어디 있어서……."

희윤은 얼떨떨했다. 집안 살림까지 걱정하는 희윤은 강윤을 닮아 일찍 철이 들어 있었다. 그러자 강윤은 동생의 머리를 부드럽게 넘기며 걱정을 덜어주었다.

"그러잖아도 돈 없어서 월세네요. 다음엔 더 좋은 데로 가자고."

MG엔터테인먼트에 취업한 지 반년.

희윤은 오빠에게 경이로움을 느꼈다. 치료비 아끼겠다고 이 험한 집에서 살아온 남매였다. 비록 월세지만 1년도 되지 않아 여기를 벗어나게 되다니. 그것만으로도 희윤은 감격스러웠다.

"오빠, 고마워. 그리고 고생했어."

"고생은. 많이 좋은 집은 아냐. 단독주택인데 그래도 우리 둘이 살기에 불편하진 않을 거야. 마당도 있고 뜨거운 물도 나와."

"진짜?!"

온수라는 말에 희윤은 격하게 반겼다. 그동안 온수가 나오질 않아 가스에 덥혀서 사용했던 불편함도 이젠 안녕이었다.

"비대도 설치해야겠지?"

"오빠!"

강윤의 마지막 말이 부끄러웠는지 희윤은 얼굴을 붉혔고 강윤은 유쾌하게 집 안이 떠나가라 웃었다.

점심시간.

강윤은 모처럼 1층에 있는 구내식당에서 식사를 했다. 평상시라면 원진문 회장이나 이현지 사장과 함께 식사하며 일 이야기로 점심을 보냈겠지만, 오늘은 해방이었다. 문제의 두 사람이 중요한 일이 있다며 일본에 머물고 있었으니.

"안녕하십니까?"

"안녕."

지하 식당에서 강윤을 만나는 연습생마다 그에게 90도로 인사를 했다. 모두 기합이 단단히 들어가 있었다. 그들은 삼삼오오 모여 식사를 했다. 장난도 치며 떠드는 모습이 영락없는 10대였다.

'좋을 때다.'

아저씨스러운 생각을 하며 강윤은 어깨를 으쓱했다. 저런 익살맞은 소년, 소녀들이 가수가 된다니. 생각하면 신기할 따름이었다.

한창 식사를 하고 있을 때 누군가 식판을 들고 그의 앞에 섰다.

"아…… 안녕하세요?"

"아, 한유구나. 안녕."

교복을 입은 서한유였다. 그녀는 앉아도 될까 말까 우물쭈물하고 있었다.

"앉아."

"아, 네."

강윤의 허락이 떨어지기가 무섭게 그녀는 맞은편에 앉았다. 그녀는 식사로 나온 비빔밥을 야무지게 비비곤 입안에 넣었다. 매운 걸 좋아하는지 밥은 매우 붉었다.

"안 매워?"

"제가 매운 걸 좋아해서요."

"그래? 맛있게 먹어."

"네."

강윤은 그 이후 별말이 없었다. 잘 쉬다 왔느냐, 앞으로 아르바이트는 안 할 거냐 등의 잔소리도 일절 없었다. 말 그대로 수저만 계속 들었다. 서한유는 잠시 망설이다가 먼저 말문을 열었다.

"팀장님."

"왜 그러니?"

"신경 써주셔서 감사합니다."

강윤은 말없이 빙그레 웃었다. 앞으로 함께 갈 사람이다. 당연히 해야 했던 일이었다. 강윤의 웃음에 서한유는 기운이 났는지 말을 계속 이어갔다.

"어머니한테 오셨다고 들었어요. 여러 가지로 신경 써주신 거, 잊지 않겠습니다."

"해준 것도 없는데, 뭘."

"아니에요. 지금까지 저한테 이렇게 신경을 써준 분은 없었어요. 정말…… 감사합니다."

서한유에게 지금까지 강윤 같은 사람은 없었다. 그 누구에게도 어머니가 아프다고 이야기하지 않았다. 회사도 모르는 일을 미리 알고 어머니를 안심시켜 주고 더불어 아버지까지 편안하게 만들어주었다. 강윤이 서한유에게 준 것은 안정과 가족의 믿음이었다.

서한유는 지금도 열심히 해서 가수가 되라는 어머니의 말씀이 아직도 머릿속에 맴돌고 있었다. 그걸 아는지 모르는지, 강윤은 평상시와 다를 바가 없었다.

"말했잖아. 우리 같이 가자고 말했었잖아. 당연한 일이야."

"네. 아버지한테도 말씀하셨었죠? 저 꼭 가수 만들어주신다고."

강윤은 좋은 가수가 될 수 있다고 이야기했다. 그런데 말이란 받아들이는 사람 나름이었다. 게다가 서한유의 책임자는 강윤이었다. 서한유가 좋은 가수가 될 수 있다는 말은 그렇게 만들어주겠다는 말로 들리는 게 당연했다. 물론, 강윤이 먼저 서한유를 버릴 생각도 없었지만.

"뭐, 그게……."

"무슨 일이 있어도 그 믿음에 답하겠습니다, 팀장님."

"그, 그래. 그렇게 해."

강윤을 보는 서한유의 눈빛이 변했다. 물을 불이라 해도 믿을 것 같은 서한유의 모습에 강윤은 얼떨떨했다. 과거에도 이런 믿음을 받아본 적은 거의 없던 강윤이었다. 소녀의 전직인 신뢰를 받으니 순진한 소녀를 속여먹는 게 아닌가 하는 우스개 생각마저 들었다.

그래도 기분은 좋았다. 신뢰를 받는 기분은 언제나 즐거운 법이다. 그러나 강윤은 할 말은 꼭 하는 사람이었다.

"앞으로 지각하지 말자."

"네, 절대 안 하겠습니다."

"……그렇게 군대같이 말 안 해도 돼."

"네."

물론 강윤은 말했다가 오히려 민망해졌다.

바짝 기합이 든 서한유에게 적응하기가 쉽지 않았다.

세디의 컴백 무대도 끝나고 서한유의 일도 정리가 되자 강윤의 사무실은 여유가 있었다. 평소라면 결재를 기다리고 있을 서류들은 별로 보이지 않았고 보고서 정리에 열을 올려야 할 일도 없었다.

강윤은 모처럼 평온한 시간을 보내고 있었다.

'좋다.'

소파에 누워 세상 흐르는 줄 모르게 시간을 보내니 이토록 행복할 수가 없었다. 그러나 누가 그랬던가. 한국 직장은 직원이 놀고 있는 꼴을 못 본다고. 강윤의 사무실에 전화가 걸려왔다.

─이 팀장님, 사장 비서실입니다. 사장님 호출입니다.

강윤은 어이가 없어 눈을 껌뻑였다. 이현지 사장은 일본 출장 중이다. 그런데 갑자기 호출이라니. 이유를 물으니 답은 간단했다.

　-방금 사무실로 복귀하셨습니다. 일정이 취소되셨다고…….

　'이런…….'

　강윤은 긴 한숨을 내쉬었다. 모처럼 즐거운 쉬는 시간이었는데 타이밍이 참 좋지 않았다. 강윤은 알았다 대답하곤 사장실로 올라갔다.

　사무실에선 이현지 사장이 지쳐 보이는 얼굴로 서류를 보고 있었다.

　"어서 와요, 이 팀장."

　"부르셨습니까."

　방금 귀국한 여파가 남아 있어 이현지 사장은 매우 지쳐 보였다. 그러나 그녀는 내색하지 않고 강윤에게 서류를 내밀었다.

　'SeasonS 옌 백화점 대전점 오픈 행사 작은 콘서트?'

　강윤은 서류를 넘겼다. 처음에는 옌 백화점 대전점이 봄에 맞춰 오픈한다는 이야기와 오픈 기념으로 가수들이 온다는 말들이 장황하게 적혀 있었다.

　"중요한 건 뒤에 있어요."

　강윤은 서류를 계속 넘겼다. 완성되지 않은 셋 리스트가 있었다. 출연진과 MC, 동원되는 장비 등이 간략하게 적혀 있었다. 강윤은 서류에서 'SeasonS'라는 글자에 체크되어 있는 것을 발견했다.

"SeasonS? 시즌스라고 읽어야 합니까?"

"편하게 하세요. 시즌스라고 데뷔한 지 얼마 안 된 4인조 걸그룹이에요. 두마즈엔터테인먼트 소속이죠. 그쪽에서 일이 들어왔어요. 이 무대에서 화젯거리를 만들어 달라는군요."

"화젯거리 말씀입니까? 인터넷에 올라갈 만한 노이즈 내는 일은 제 전공이 아닙니다."

강윤은 칼같이 잘라냈다. 일단 뜨고 봐야 한다지만 순간적인 자극으로 떠봐야 다른 노이즈에 잡아먹힐 뿐이다. 오래가기 위해서는 제대로 떠야 한다. 실력을 제대로 갖춰서 사람들 기억에 오래 남도록 해야 한다. 그게 강윤의 철학이었다.

"나도 노이즈 내는 거 원하지 않아요. 그래서 미리 말을 했죠. 노이즈 마케팅은 무리다. 그래도 행사에서 걸그룹을 각인시킬 만한 공연을 만드는 건 가능하다."

강윤은 잠시 생각에 잠겼다. 백화점처럼 사람이 많이 모이는 곳은 무대를 설치할 수 있는 공간이 있거나 소공연장이 있다. 그러나 공간이 그리 넓지는 않다.

"백화점 무대는 좁습니다. 우리가 원하는 대로 세팅이 나올지가 의문입니다."

"여기서부턴 이 팀장이 더 잘 아는 분야죠. 필수 조건은 각인시킬 만한 공연이에요. 관객을 동원하라는 등의 다른 조건은 없어요. 인기 가수가 몇몇 있는 거 외에는 조건이 박하진 않아요."

"그게 조건이 박한 겁니다. 순서부터 밀리고 들어갑니다. 만약 인기 가수 이후에 무대가 잡힌다면 엄청난 마이너스를 먹고 시작하는 겁니다."

"관계자들과 잘 협의해 봐야죠. 두마즈엔터테인먼트에서 이렇게 말했습니다. 이 팀장이 시키는 대로 무조건 하겠다고. 사전에 말해놨으니 잡음 날 일은 없을 겁니다."

"……."

강윤은 기나긴 한숨을 쉬었다. 무대는 작다. 게다가 관객들은 남녀노소 가리지 않고 다양하다. 신인 가수에게 좋은 조건이란 없었다.

'시키는 대로 한다라…….'

그래도 희망은 있었다. 공연장과 협의의 요소가 있고 가수가 무조건 강윤의 말을 따른다고 사전에 협의가 되었다. 그렇다면 어떻게든 돌파구를 마련할 조건은 되었다.

"알겠습니다. 해보겠습니다."

"기대할게요. 지난번처럼 멋진 성과 기대하죠."

승낙한 이후, 강윤은 사장실을 나왔다.

'바로 가 볼까?'

강윤은 그길로 바로 시즌스라는 걸그룹을 만나기 위해 두마즈엔터테인먼트로 출발했다. 사전에 연락하니 그쪽에선 언제라도 환영이라는 입장이었다. 강윤은 20여 분을 차로 달려 두마즈엔터테인먼트 앞에 도착했다.

'그래도 듀카보단 낫네……'

허름한 2층 건물 전체를 쓰고 있는 두마즈엔터테인먼트에 대한 강윤의 첫 평이었다. 일반 거주 건물을 개조한 두마즈엔터테인먼트는 1층은 사무실과 집무실로 손님을 맞거나 업무를 봤고 2층은 숙소로 활용하고 있었다.

강윤은 문을 열고 안으로 들어갔다. 안에는 경리와 사장, 두 사람이 있었다.

"어서 오십시오. 윤문수라고 합니다."

"이강윤입니다."

윤문수 사장과 강윤은 인사를 나누고 사장실에 마주 앉았다. 경리직원이 내온 커피를 마시며 강윤과 윤문수 사장은 주변과 가수에 대한 이야기를 하다가 본론으로 들어갔다.

"일 이야기는 들었습니다. 눈에 확 들어올 만한 공연을 했으면 좋겠다는 조건 잘 들었습니다."

"이번 기회에 인지도를 끌어올리고 싶습니다. 가능할까요?"

"솔직히 말씀드리면, 인지도는 방송 활동이 더 낫습니다."

강윤은 의아했다. 하필이면 왜 지방 행사에서 인지도를 노리는 것인지. 인지도를 위해서라면 예능 프로그램에 나가거나 방송 무대에 서는 게 낫다. 강윤은 일을 받은 입장이지만 제삼자 입장에서 냉정하게 이야기해 주었다.

"맞습니다. 그러나 방송은 기본 인지도가 없으면 나가기 힘듭니다. 기껏해야 나갈 수 있는 방송들도 힘 있는 소속사가 대부분 차지하고 있으니…… 저희가 살아남을 방법은 다 동원해 봐야 하지 않겠습니까?"

소속사의 힘은 결국 돈이었다. 국민이 많이 찾는 예능 프로그램의 출연료가 높은 것은 아니다. 그러나 사람들에게 이름을 알리는 힘이 있어 강한 소속사들은 방송사에 돈이라는 힘을 쓰게 된다. 돈 외에 이미 뜬 스타를 활용하는 방법도 적극적으로 활용한다. 덕분에 이제 막 시장에 진입한 소속사들은 소속 스타의 이름을 알리는 일이 쉽지가 않았다.

"알겠습니다. 일단은 해보죠. 최선을 다해보겠습니다."

"감사합니다."

강윤은 일을 승낙하자마자 바로 시즌스를 만나고 싶다 요청했다. 스케줄이 없어 연습 중이라며 윤문수 사장은 강윤을 2층으로 안내해 주었다.

'헐……'

2층에 도착한 강윤은 진심으로 놀랐다. 별별 모습을 다 보았지만 거실 전체가 거울인 곳은 처음 보았다. 연습실이 없어 거실 전체를 넓게 터 거울을 붙이고 개조해 연습하고 있었다. 전형적인 생계형 가수의 모습이었다.

"오빠, 왔어?"

장한나가 음악을 끄고 강윤과 윤문수 사장 앞으로 달려 나왔다. 그녀는 강윤을 인식 못 했는지 윤문수 사장만 반갑게 맞았다가 이내 강윤을 발견하곤 바로 고개를 숙였다.

"아, 안녕하십니까. 시즌스 리더 한나입니다."

장한나는 부랴부랴 뒤돌아서 흐트러진 머리를 정돈했다. 뒤의 다른 멤버들도 급히 옷과 머리를 정돈했다. 속으로 모두가 투덜거렸다. 손님이 오면 말 좀 해주지라며.

잠시 후 강윤은 정돈된 시즌스의 인사를 받을 수 있었다.

"안녕하십니까. 시즌스입니다."

"안녕하세요."

간단하게 자기소개와 인사를 마친 강윤과 시즌스는 공연에 관해 이야기하기 시작했다.

"그냥 타이틀곡 하나만 하면 되는 거 아닌가요?"

어떤 공연을 하고 싶으냐는 강윤의 질문에 문지혜가 즉각 이야기했다. 그러자 강혜선이 말을 이었다.

"언니, 무슨 타이틀만 해. 후속곡도 해야지."

"그런가?"

둘은 재잘거리다 장한나의 눈총을 받곤 침묵했다.

"타이틀곡을 편곡하는 게 어때요? 연말 시상식처럼."

"하늘아, 사람들이 우리 노래를 모르잖아. 우리 노래부터 알려야지."

송하늘이 의견을 내자 강혜선이 바로 반박했다. 둘은 티격

대기 시작했고 이내 장한나에게 또 혼나고 말았다.

강윤은 서로 자유롭게 이야기하는 시즌스 멤버들을 뭐라고 말리지 않았다. 여러 가지 이야기가 나왔다. 타이틀곡을 바꾸자는 이야기도 나왔고 편곡, 아예 다른 곡을 하자는 의견도 있었다. 강윤은 나오는 이야기들을 조용히 연습장에 정리했다.

한참 동안 여자들이 수다를 떨 때 강윤이 모두를 집중시켰다.

"잠시만 집중해 주세요."

"네."

시즌스 멤버들은 대답도 잘했다. 원체 밝은 여자들이었다. 하지만 밝음이 있으면 어둠도 있다고 와글와글 엄청난 소음을 자랑했다. 한번 물꼬가 터지자 말들이 정신없이 마구 터져 나왔고 결국 강윤은 한마디로 정리해 버렸다.

"……그냥 하던 거로 하죠."

"네…….."

강윤은 한마디로 모두의 말을 정리해 버렸다. 활발하게 의견을 교환하던 시즌스 멤버들은 강윤의 단호함에 모두가 고개를 푹 떨궈 버렸다.

혹시나가 역시나. 다를 줄 알고 불렀던 기획자도 똑같은 말을 하니 시즌스나 윤문수 사장이나 어깨가 추욱 내려갔다.

그러나 강윤의 말은 거기서 끝이 아니었다.

"대신 하던 거에 여러 가지를 조합해 봅시다. 임팩트 있게."

하지만 강윤의 반전 있는 말이 모두의 어깨를 다시 들썩이게 만들었다.

3화
무대를 넓히는 무대

"임팩트 있는 조합이라면 편곡인가요?"

"그렇습니다."

"돈이 많이 들 텐데요……."

윤문수 사장이 걱정스러운 듯이 난처함을 표했다. 작은 소속사에게 예산은 언제나 압박이었다. 그러나 강윤은 단호했다.

"필요한 투자입니다. 그리고 편곡하는 부분은 많지 않을 겁니다. 기껏해야 1분. 그 1분에 맞춘 편곡입니다. 편곡이 많지 않으니 작곡가와 합의를 봐야죠. 잘나가는 작곡가는 실력은 있지만 가격이 비싸니, 아직 알려지지 않은 작곡가에게 의뢰해야 할 것 같습니다."

"검증되지 않은 사람이라……. 알고 계신 분이 있습니까?"

윤문수 사장은 불안했다. 그러나 돈이 없다는 리스크는 무척 컸다. 결국, 그것이 선택을 강제하게 만들었다.

하지만 강윤은 윤문수 사장의 걱정과 달리 확신이 있었다.

'지금쯤 그 작곡가가 활동을 시작했겠지?'

머릿속에 떠오르는 사람이 한 명 있었다. 강윤의 과거에 YHB라는 예명으로 활동하는 작곡가였다. 그 작곡가가 만드는 곡마다 감각 없다는 평만 듣고 곡을 주는 가수가 망하는 시기가 지금이었다. 그러나 1년만 지나면 엄청나게 떠오를 사람이기도 했다.

"곡과 관련된 돈 걱정은 마십시오. 최대한 예산이 적게 들어가도록 하겠습니다. 원래 공연기획자가 이렇게까지 하는 건 월권이라는 걸 알지만 원하는 게 공연 이상의 것이니 양해 부탁드립니다."

"알겠습니다."

윤문수 사장은 강윤의 말에 수긍했다. 어렵게 잡은 행사였다. 방송 무대는 언제 나갈지 요원하고 인지도가 없어 지방 행사 잡기도 쉽지 않았다. 이번 행사는 제법 규모가 컸기에 기대하는 바가 컸다.

"우리 순서는 언제예요?"

송하늘이 묻자 강윤은 셋 리스트를 뒤적이며 답했다.

"뒤에서 4번째군요."

"처음이나 마지막에 해야 사람들이 많이 보는데…… 시간은요?"

"4분이군요."

"짧다……."

송하늘이 아쉬운지 중얼거렸다. 그녀는 가수로 데뷔했지만 많은 무대를 가져보지 못해 무대에 대한 욕심이 많았다. 강윤이 그 말을 들었는지 바로 답했다.

"그 시간은 어쩔 수 없어요. 하지만 무대 순서는 바꿔봐야죠. 백화점 행사 무대입니다. 그런 곳에선 사람들이 인기 가수를 보러 오지, 인지도 없는 가수를 보러 오는 게 아니에요. 시간을 길게 주지 않아요."

"우리도 알아요……."

자존심이 상했는지 강혜선이 작게 발끈했다. 인지도 없다는 말에 무시당했다 생각한 것이다. 그러나 강윤은 있는 그대로의 사실을 이야기한 것뿐 악의는 없었다.

"그러면 우린 그냥 인지도 높은 가수 들러리 서는 거예요?"

송하늘이 직접적으로 물어봤다. 티를 안 내려 했지만, 인지도 없다는 말이 못내 가슴에 박혔다. 그녀뿐 아니라 가수의 자존심에 생채기가 났는지 모두가 시무룩해졌다. 그러나 강윤은 냉정하게 현실을 이야기했다.

"아무 준비 없이 가면 들러리가 되겠죠. 하지만……."

"하지만?"

"철저한 준비를 해가면 주인공이 될 수도 있겠죠."

강윤의 말에 모두가 그에게 집중했다. 시시각각 시즌스 멤버들의 표정이 변했다. 강윤은 짧은 시간에 이렇게 다양한 모습을 보여줄 수 있다는 게 신기했다.

"사람들이 생각하지 못한 그 이상을 해야 합니다. 이게 우리의 목표가 될 겁니다."

"생각하지 못한 그 이상의 무대요?"

시즌스 멤버들은 한나를 필두로 강윤의 말에 빠져들고 있었다. 마치 그의 말이 마법이라도 되는 듯 모두가 공연에 홀릭해 갔다.

♩ ♪♩♩ ♫♫ ♪♪

"우와아……."

학교를 마치고 새로운 집에 도착한 희윤은 난생 처음 보는 깔끔한 마당과 나무에 탄성을 냈다. 한쪽 구석에 자리한 견공의 집, 창고로 보이는 아담한 공간까지. 달동네의 쓰러질 것 같은 집들만 봐왔던 희윤에게 이런 집은 신세계였다.

"오빠는 아직 안 왔나 보네."

비밀번호를 누르고 안으로 들어간 희윤은 난생 처음 보는 넓은 거실이 적응되지 않았다. 거실 바닥은 넓고 깨끗했으며 벽에 거는 TV에 소파까지 있었다. TV도 없어 친구들과 대화 코드 맞추기도 힘들었던 희윤에게 대형 TV를 비롯한 모

52 음악의 신 2

든 것이 신세계였다.

"……이게 내 방이야?"

자신의 방이라 추정되는 방문을 여니 지금까지 본 적도 없던 침대가 놓여 있었다. 그리고 책상에 컴퓨터까지 있었다. 가구도 모두 새것이었다. 이게 꿈인가 싶어 눈을 씻고 보았지만, 책상 위에 놓인 자신의 책들과 방 한구석에 놓인 자신의 짐이 그녀의 방이라는 걸 증명해 주었다.

자신의 방에 넋을 놓고 감탄하던 희윤은 문득 오빠 방도 궁금해졌다. 바로 오빠 방으로 가 보았다.

"……이게 뭐야."

그런데 기대하고 강윤의 방문을 열었던 희윤은 크게 실망했다. 넓은 자신의 방과는 다르게 강윤의 방은 좁았다. 침대와 옷장 하나가 전부였다. 화려하게 꾸며진 자신의 방과 너무 비교되었다. 항상 희윤 자신에게만 투자하고 오빠 스스로에겐 투자하지 않는 모습이라니. 희윤은 그 마음에 먹먹해졌다.

부엌과 화장실, 베란다까지 둘러보니 모든 것이 신세계였다. 새집은 넓고 아늑했으며 따뜻했다. 웃풍이라곤 전혀 없었다. 추워서 비닐봉지를 덧붙여야 했던 창문도, 가스레인지로 덥혀야 했던 온수도 이곳에선 존재하지 않았다. 그것만으로도 희윤은 행복했다.

단 하나만을 제외하면 말이다.

'오빠 방이 이게 뭐야.'

희윤이 강윤의 장롱 문을 열어보니 걸린 옷도 듬성듬성 했다. 그동안 희윤에게 투자하느라 강윤 스스로는 많이 돌보지 못한 탓이었다. 그 모습이 이렇게 비치니 마음이 아팠다.

집을 둘러보고 냉장고에서 반찬을 꺼내 저녁을 차리니 금방 강윤의 퇴근 시간이 다가왔다.

희윤이 식사 준비를 거의 마쳤을 무렵, 일을 마친 강윤이 퇴근했다.

"오빠."

"다녀왔어."

강윤도 새집이 어색했는지 구두를 벗으면서도 이리저리 둘러보느라 정신이 없었다. 아침에 이삿짐센터 직원들과 집 정리를 했음에도 그랬다. 새로운 집에 적응하려면 시간이 필요할 것 같았다.

"내가 저녁 다 해놨어."

"오늘 반찬 뭐야?"

"짜장 했어. 이사한 날에는 짜장면 먹는 거라며."

"좋지. 배고프다. 빨리 먹자."

강윤이 씻을 동안 희윤은 식탁에 반찬들을 놓았다. 이전처럼 작은 반상에 이것저것을 올려 무겁게 나를 필요 없이 부엌 식탁으로 바로 옮기기만 하면 되었다. 모든 게 편안해졌다.

"집 마음에 들어?"

"아니."

식사 시간. 강윤의 물음에 희윤은 망설임도 없이 퇴짜를 놔버렸다.

"아니, 왜? 어디가?"

"오빠 방이 너무 작아. 그리고 있는 게 너무 없어. 남자가 그러면 안 돼. 없어 보이게⋯⋯."

"오빠는 어차피 잠만 자잖아."

"그럼 내 방은 뭐고? 안 돼. 오빠 방 좀 어떻게 해. 그게 뭐야."

희윤은 속에 있는 걸 그대로 이야기했다. 강윤을 볼수록 계속 허름한 방이 계속 마음에 걸렸다.

"자식이. 이제 많이 컸네? 오빠 걱정도 다 해주고."

"나도 곧 어른이야. 그러니까 오빠 방 좀. 아니지. 오빠, 내가 오빠 방 꾸며줄까?"

"어떻게?"

"침대 시트도 사고 이불 커버하고 다 바꾸게. 오빠 방은 너무 칙칙해서 안 되겠어."

희윤이 자꾸 우겨대는 통에 강윤은 결국 카드를 그녀에게 주었다. 많이 쓸 필요 없고 무거운 거 들지 말라는 말과 함께 말이다. 희윤은 알았다며 카드를 주머니에 넣었다.

"다음에는 내가 돈 벌어서 해줄게."

"오올. 약속했다?"

"나도 오빠만큼 능력 있는 사람 돼서 오빠 먹여 살릴 거야."

"으이구. 기특하네."

강윤은 희윤의 말이라도 고마웠다. 사실 강윤에겐 희윤은 그저 살아 있는 것만으로도 감사한 존재였다. 그런데 저런 기특한 말도 할 줄 알다니. 그저 강윤은 고마울 따름이었다.

두 사람의 행복한 저녁 시간은 그렇게 흘러갔다.

♩ ♪ ♩ ♩ ♪ ♩ ♪

-참 쉬운 거야~ 몇 초 안 걸리는~ 이별이란 말이~

MG엔터테인먼트 3층, 댄스 연습실에서는 시즌스의 이번 타이틀곡이 흘러나오고 있었다. 강윤이 시즌스 멤버들을 호출해 춤동작들을 보고 있는 것이다.

'하⋯⋯.'

모두가 옆으로 몸을 돌려 허리를 살랑이는 동작에서 강윤은 시즌스 멤버들에게서 나오는 중구난방의 빛을 보고 말았다. 박자가 안 맞는 건 아니었다. 그러나 강윤은 이런 요소들이 시선을 흐트러뜨린다는 것을 잘 알았다.

"수고했어."

이미 시즌스 멤버들과는 말도 놓았다. 시즌스 멤버들도 강윤에게 오빠라 부르며 친해지기 시작했다.

그러나 일에서 강윤은 냉정했다.

"이거 그닥인데."

"오빠 너무 돌직구야."

강혜선이 투덜댔다. 그녀는 일희일비 표정 변화가 가장 큰 멤버였다. 집안에서도 막내, 팀에서도 막내인 영향이 컸다. 성숙한 외모와는 완전히 다른 성격이었다.

"어떻게 하죠? 편곡 들어가도 결국 이 노랜데."

장한나가 걱정스레 물었다. 그녀는 언니답게 해결책을 먼저 찾았다. 작은 키에 귀여운 외모였지만 당찬 구석이 다분했다.

강윤은 강윤대로 고민이었다. 이 그룹은 아무리 봐도 데뷔를 너무 빨리한 것 같았다. 춤을 봐도 연습생들보다 조금 더 우수한 수준일 뿐이었다. 외모야 괜찮았지만.

'내가 시즌스라는 걸그룹을 알았나?'

강윤이라고 모든 가수를 아는 건 아니었다. 수많은 가수가 뜨고 지고 사라졌다. 그의 기억에 시즌스라는 가수는 없었다. 그렇다는 건 유명무실하게 사라졌다는 말이었다. 게다가 여기 멤버들 중 들어본 멤버도 없었다.

결국, 철저하게 강윤의 실력으로 승부해야 한다는 말이었다.

'우선 전략부터 바꿔야겠어.'

허리를 돌리는 춤. 남자들이 좋아할 만한 춤이 분명했다.

게다가 시즌스 멤버들은 외모도 모두 한가락 했다. 강윤은 전략을 구상했다.

"클럽 좋아해?"

"클럽이요? 아우, 끝나죠."

"아!"

문지혜가 뒤도 돌아보지 않고 대답하자 장한나가 놀라 등짝 스매시를 날렸다. 문지혜가 뭐 어떠냐며 난리였지만 장한나는 그녀를 노려보며 나이로 찍어 눌렀다.

"클럽에서 추는 춤 같이 춰보자. 아주 섹시하게."

"네?"

클럽을 아주 좋아한다는 문지혜만 제외하고 모두의 눈이 화등잔만 해졌다. 클럽이라니 생각도 못 한 일이었다. 게다가 남녀노소 다 모이는 백화점 행사다.

"그 행사장에서의 반응만 보는 게 아니야. 어차피 너희가 원하는 것도 화제가 되는 거잖아."

"하지만 클럽 댄스같이 추면 너무 싸 보이지 않을까요? 복장도 야한데."

송하늘이 걱정스러운지 고개를 흔들었다. 가뜩이나 여가수는 옷차림이 짧았다. 그런데 클럽 댄스를 강조하려면 몸매가 더 드러나도록 바지나 치마도 더 짧아진다. 무대 의상이 말도 못 하게 야해질 게 뻔했다. 그녀는 그게 싫었다.

"클럽 댄스를 모티브로 하지만 완전한 클럽 댄스는 아냐.

쉽게 말해서 모티브만 따온다고 생각하면 돼. 옷도 마찬가지야. 클럽에서는 이성을 유혹하려는 목적도 있어서 복장이 짧지만 우리는 과하지 않게 가도록 하자. 안무를 클럽에 맞게 수정해 보자. 곡도 일렉트로닉하게 편곡해 보고. 선택은 너희 몫이야."

강윤은 충분히 대중들에게 먹힐 거라고 생각했다. 공연이 예정된 그곳은 남녀노소가 모이는 곳이지만 공연 시간은 저녁 시간. 연인들을 비롯해 젊은이들이 많이 모이는 시간이었다. 싸 보이지 않고 느낌 있는 클럽댄스를 선보일 수 있다면 호응도 기대할 수 있으리라. 물론 종이 한 장 차이라 쉽진 않을 것이다.

"알았어요. 해볼게요."

한참 의논하던 시즌스 멤버들이 결국 해보기로 했다. 어차피 지금 안무로는 해답이 나오지 않았다. 차라리 모험을 하는 게 낫다는 판단이었다. 강윤은 결정된 사안들을 적었고 편곡을 의뢰하기 위해 밖으로 나갔다.

"돈 엄청 깨지는 거 아냐? 우리 돈 없잖아."

강윤이 나가자 문지혜가 걱정스럽게 말했다. 메인 상품을 구매하고 옵션 상품들이 무섭게 따라붙는 것 같아 마음이 불안해졌다.

"그래도 저 사람 능력 있다며. 믿어야지. 요즘 엄청 핫하다고 했어. 주아에 세디까지. 앞으로는 더 뜰 거라 했어."

"누가?"

"문수 오빠가."

강혜선과 송하늘이 걱정스레 대화했다. 동갑내기 그녀들은 서로 숙덕이기를 좋아했다. 대부분의 사람이 그렇듯 남이야기하는 걸 특히 좋아했다.

"일단 하라는 대로 하자. 전문가잖아. 믿어야지."

"알았어, 언니야."

장한나가 정리를 했고 멤버들 모두가 수긍했다. 그러나 그녀들은 걱정이 많았다. 돈이 더 얼마나 들어갈지, 공연 반응을 어떨지, 이 공연 이후 자신들이 어떻게 될지 등등 생각이 무척 복잡했다.

그러나 그녀들은 알게 되었다. 미래를 생각한다며 했던 이런 생각들이 얼마나 쓸데없는 생각이었는지 말이다.

"민아야―"

휴게실에서 물을 마시고 있던 민아는 느릿하게 구수한 어조로 자신을 부르는 소리에 움찔했다.

"사, 삼순아."

"뭐햐? 물마시는 겨?"

"어…… 하하."

정민아는 어색하게 웃었다.

선머슴 같고 느릿한 이삼순을 상대하는 일은 정민아에겐 고역이었다.

그런데 막상 실력은 좋으니 할 말은 없고 숙소에서도 책 잡을 게 없으니…….

좋은 친구라는 건 알지만 친해지기는 부담스러운, 정민아가 알던 사람들과는 너무도 다른 사람이었다.

"한 잔 줄래?"

"……여기."

정민아는 다른 의미로 뻘쭘했다.

그러나 이삼순은 정민아에게 거침없이 다가왔다.

그런 이삼순이 정민아는 부담스러웠다.

'어떻게 저런 애가 이 팀에 뽑힌 거지?!'

정민아에겐 이게 언제나 의문이었다.

저런 애를 누가 좋아할까? 사투리에 선머슴 같은 외모. 그런 이삼순이 정민아는 싫었다. 매일 실수해서 트레이너에게 불려가는 에일리보다 더!

그걸 아는지 모르는지, 이삼순은 계속 정민아에게 친근하게 말을 걸었다.

"오늘 말여, 노래 연습하는 날 맞재?"

"으응. 마, 맞아."

"노래는 참말로 어려운데. 민아는 노래 잘해?"

"아니, 벼…… 별로야. 주연이가 잘하지."

"그랴? 주연이한테 도와 달라 해야겠다."

이삼순은 '물 잘 마셨다' 인사하고는 쏜살같이 달려가 버렸다.

다른 건 몰라도 에너지가 넘치는 동료였다.

정민아는 이삼순의 뒷모습을 멍하니 바라보며 고개를 절레절레 흔들었다.

"아, 나랑은 너무 안 맞아……."

"그래?"

"히익!"

갑작스레 들려오는 남자 목소리에 정민아는 소스라치게 놀랐다.

뒤돌아보니 강윤이 있었다.

"아저씨! 놀랐잖아요!"

"여기 회사야."

"알았어요, 알았어. 팀장님. 아무튼 심장 떨어지는 줄 알았다고요. 언제부터 계셨어요?"

"삼순이랑 안 맞는다고 할 때부터."

강윤은 매점에서 간단한 주전부리를 사 들고 정민아와 마주 앉았다.

다이어트는 연습생들에게 일상과 같은 것이었기에 매점에

서도 다이어트용 간식이 많이 팔렸다.

강윤이 사 온 음식도 그런 간식이었다.

"감사합니다. 그런데 정말 이런 걸 먹어야 해요?"

"싫으면 내가 먹을게."

"……아니에요."

시장이 반찬이다.

식단을 조절해야 하는 정민아에게 이런 간식들은 사실 축복이었다.

소금기 없는 두부 과자와 두유를 집어 든 정민아에게 강윤은 궁금한 것들을 묻기 시작했다.

"삼순이랑 많이 안 맞아?"

"그게요……."

"싸운 거니?"

"그런 건 아닌데요……."

정민아는 우물쭈물했다.

속마음을 이야기해야 할지 말아야 할지 망설여졌다. 저번에 일방적으로 삼순이가 싫다고 말했다가 혼이 났던 기억이 있기 때문이었다. 정민아도 당시 감정이 앞섰다는 것을 알고 반성했지만, 이삼순의 느긋한 성격은 쉽게 적응이 되지 않았다.

강윤은 망설이는 정민아에게 먼저 이야기했다.

"나는 민아, 네가 이삼순의 여유를 배웠으면 좋겠어."

"여유요? 삼순이가 여유가 있어요?"

"이미 알고 있잖아. 물론 삼순이도 너한테 배울 점이 있지. 룸메이트 편성을 너희한테 안 맡기고 일방적으로 한 이유가 있어. 서로한테 배울 점이 있을 거야."

"팀장님 말씀대로 삼순이는 여유가 있어요. 아니, 여유가 넘쳐 너무 느긋해요. 연습할 때는 잘하는데 숙소에서나 친구들한테나…… 속이 터질 것 같아요. 적응이 안 돼요."

"어떤 게 속이 터지는지는 모르겠지만, 그래서 남한테 피해를 주니?"

"그건……."

정민아는 답하지 못했다. 이삼순은 남에게 피해를 준 적이 없었다. 오히려 모두가 경쟁자인 연습생들과 교우관계도 원만했다. 일부 독기 있는 연습생들도 이삼순에게는 마음을 푸는 경우가 많았다. 연습생들이 쉽게 접근하지 못하는 정민아와는 차이가 있었다.

"민아, 너는 독기가 있지. 절대 지는 꼴 못 보고. 너도 잘 알지?"

"네. 이겨야 한다고 생각하면 무슨 수를 써도 이겨야 해요. 반드시."

"그건 굉장한 장점이야. 그 점 때문에 네 실력이 일취월장했지. 그렇지?"

"네."

정민아는 춤 하나는 다른 연습생들보다 잘한다고 자부할 수 있었다. 강윤마저 이를 인정해 주니 뿌듯했다. 그러나 강윤의 말은 거기서 끝이 아니었다.

"하지만 자신을 망치는 독이 될 수도 있지."

"독이 될 수도 있다고요?"

"지나친 경쟁은 사람을 망치는 법이야. 그래서 독기를 제어하는 방법을 삼순이한테 배웠으면 좋겠어. 알았지?"

정민아는 완전히 강윤의 말을 이해하지 못했다. 피부에 와닿지 않았기 때문이다. 그러나 일단 알겠다며 고개를 끄덕였다. 이미 강윤은 그의 멘토였다. 그가 하는 말이면 당연히 들어야 한다 생각했다. 쉽지 않겠지만 이삼순에게서 배워야 할 점을 찾아보기로 마음먹었다.

강윤과 헤어진 정민아는 연습실로 복귀했다. 트레이너 선생님이 오지 않아 소녀들은 각자 떠들고 있었다.

"푸하하! 그럼 삼순이는 호랑이 등 타고 논거야?"

"요새 호랭이 없데이. 나중에 놀러 와. 김치 넣고 솥단지 써서 전 맛있게 해줄게."

"나도나도! 그 산에 가고 싶다."

정민아가 보니 이야기의 중심에는 삼순이가 있었다. 한주연이 조용히 듣고 있었고 에일리 정이 얼토당토않은 말을 하며 분위기를 띄웠고 막내 서한유도 호기심을 보였다. 표정

없는 크리스티 안도 귀를 열어두고 듣는 눈치였다.

'이 팀의 분위기 메이커가 삼순이었구나.'

특이하다는 건 멀리할 수 있다는 단점이 될 수 있다. 그러나 큰 장점도 될 수 있었다. 이삼순은 동료들에게 거리낌 없이 다가가며 모두를 느긋하게 받아들일 수 있는 여유가 있었다. 강윤의 삼순에게서 여유를 배우라는 말이 조금이나마 이해가 갔다.

"자자. 연습 시작해 볼까?"

이윽고 트레이너 선생님이 들어왔다. 모두가 언제 떠들었느냐는 듯 열을 맞춰 섰고 곧 강도 높은 연습이 시작되었다.

회사에서 제법 떨어진 곳에 있는 고급 술집.

자줏빛과 주황빛의 은은한 조명과 함께 고급진 재즈 음악이 흐르는 그곳에서 강윤과 이현지 사장이 만났다.

"시간 내줘서 고마워요, 강윤 씨."

"아닙니다, 사장님."

"바쁜데 무리한 건 아니죠?"

"괜찮습니다."

당연한 사회인의 예의였다. 이곳에 나오기 위해 강윤은 오늘 일을 서둘러 마무리해야 했다. 그걸 아는지 모르는지 이현지 사장은 강윤에게 술을 따라주며 본격적인 이야기를 시작했다.

"오늘은 개인적인 이야기로 불렀어요. 강윤 씨의 생각도 듣고 싶었고. 사람이 원래 서푼은 숨기는 법이지만 오늘은 최대한 정직하게 답을 해주길 바라요. 나도 그럴 테니까."

"……."

정직을 강요하는 평소와 다른 이현지 사장의 모습에 강윤은 말없이 고개를 끄덕였다. 강윤은 이런 자리에 불려 나올 때부터 뭔가 있을까 생각했었다. 혹시나가 역시나였다.

"강윤 팀장도 잘 알겠지만, 우리 회사, 그러니까 MG엔터테인먼트는 회장을 정점으로 사장, 그리고 이사회로 구성되어 있습니다. 우리 회사는 중요한 안건이 있을 때마다 사장, 회장의 사인과 이사회의 최종 승인이 있어야 일을 진행할 수 있다는 것, 알고 있죠?"

"네."

"이제 그 이야기를 하려 해요. 재미없는 이야기지만 들어요."

이현지 사장은 회사 이야기를 주욱 풀기 시작했다.

정점 원진문 회장은 사내에서 가장 큰 권력을 행사하고 있다. 바닥부터 회사를 일궈내는 데 가장 큰 기여를 했으며 지분도 가장 높았다. 그런 회장을 정점으로 밑에 2개의 세력이 존재하는데, 사장단과 이사회였다.

"회장님은 사장단과 이사회를 적절히 이용했죠. 두 세력이 서로 경쟁하며 회사가 더 발전할 수 있으리라 생각했던 거죠. 그 생각은 맞았고 사장단과 이사회는 서로를 견제하며 성과를 내려고 노력해 왔습니다. 지금의 MG엔터테인먼트가 그렇게 만들어졌죠."

그러나 문제는 지금의 이현지 사장이 취임한 이후에 생겼다. 전 사장이 뇌물수수 혐의와 사내 비리 등으로 퇴임하게 되면서 사장단의 힘이 약해지고 이사진의 힘이 강해졌다. 게다가 대외 이미지가 나빠지면서 쇄신을 위해 해외파이면서 나이도 젊은 이현지가 사장으로 취임하게 되었다.

"이사들이 보기에 난 너무 어렸죠. 게다가 시기도 안 좋았어요. 막 취임을 했을 때가 사내의 대형 가수들 재계약 시즌이었으니까. 강윤 씨도 알다시피 결과는 대실패였죠. 그 덕분에 내 힘은 많이 떨어졌고 이사들의 힘은 더더욱 올라갔었죠. 이런 상황에서 나타난 게 이강윤 씨, 당신이에요."

이현지 사장에게 이강윤이란 존재는 구원자와 같았다. 원진문 회장은 강윤을 이현지 사장 밑에 배속시켰고, 이후 강윤은 엄청난 실적을 거두기 시작했다.

주아의 일본 진출을 시작으로 공연팀이 만들어졌다. 이후 세디가 성공적으로 컴백에 성공하고 이어 시즌스의 의뢰까지 받아 공연팀의 성장 가능성을 보여주었다. 게다가 걸그룹 프로젝트도 착착 진행 중이니…….

덕분에 이현지 사장의 힘이 반등하기 시작했다.

"먼저 사내 정치에 끼어들게 하여 미안하다는 말부터 하고 싶네요. 하지만 강윤 씨는 이미 내 사람이라고 이사들에게 인식됐습니다. 저들에게는 이미 쓰러뜨려야 할 적이나 다름없죠. 강윤 씨의 성공은 곧 나의 성공, 나의 성공은 이사들에게는 독과 같은 것이니까."

"……."

"어차피 다 같은 회사의 일 아니냐는 순진한 말을 하는 건 아니겠죠? 나는 강윤 씨를 보호해 주고 싶어요. 내 사람이 되세요. 오래도록 함께해요, 우리."

강윤은 조용히 눈을 감았다. 여러 가지 생각이 들었다. 그래도 이사들인데 회사의 성공이 그들에게 해가 되겠느냐는 생각부터 피하고 싶은 생각까지. 다양한 생각이 머리를 스쳤다.

'결국 이 순간이 오는군.'

그러나 강윤은 이내 생각을 바로 잡았다. 큰 프로젝트를 진행하게 되면서 사내 정치를 생각해 보지 않은 것은 아니다. 물론 끼어들고 싶은 건 절대 아니었다. 하지만 고액의 연봉을 받게 되고 점점 책임이 커지게 되면서 이런 일이 있을 거라 예상은 하고 있었다. 모든 일에는 대가가 따르는 법이니 말이다. 전 삶의 10년의 나이는 허투루 먹은 게 아니었다.

하지만 강윤은 이리저리 끌려 다니고 싶지 않았다. 그에게 중요한 기준은 따로 있었다.

"먼저 저를 생각해 주셔서 감사합니다, 사장님."

"……"

"분명하게 말씀드릴 수 있는 건 전 누구의 사람이 아닌, 이강윤이라는 것입니다. 현재 MG엔터테인먼트 총괄기획팀장 겸 공연기획팀장 이강윤. MG엔터테인먼트에서의 저는 이런 사람입니다. 누구의 사람이니 아니니 그런 건 없습니다."

강윤의 눈빛은 강했다. 이건 거절임과 동시에 어디에도 휘둘리지 않겠다는 선언과 같았다. 이런 모습이 이현지 사장에게 좋게 보일 리 없었다.

"그래요? 아쉽네요. 그 말은 저쪽으로 가겠다는 뜻으로 봐도 되겠군요."

이현지 사장이 씁쓸히 웃었다. 지금 그녀는 살얼음판을 걷고 있었다. 절박한 그녀에게 강윤의 모습은 실망 그 자체였다. 그러나 강윤의 말은 끝나지 않았다.

"제 기준은 단순합니다. 가수가 음악을 하게 해주는 것. MG엔터테인먼트는 가수들이 노래하게 해주기 위해, 그리고 그 노래를 듣는 팬들을 위해 존재하는 것 아니겠습니까?"

"……"

"이 기준에 부합된다면 저는 누구와도 손을 잡을 겁니다. 이게 제가 말씀드릴 수 있는 전부입니다."

강윤은 더 이상 말을 하지 않았다. 그는 단번에 잔에 든 술을 들이켰다. 알싸한 기운이 솟구쳤지만 아무렇지도 않게 이현지 사장의 다음 말을 기다렸다. 이 말은 '내 기준은 이러니 네가 따라와라' 이런 뜻과 같았다.

이윽고 이현지 사장이 차분히 입을 열었다.

"……가수가 음악을 하게 한다. 단순하군요."

"그렇습니다."

"가수가, 음악을 하게 한다……? 음악, 음악이라."

"기준은 단순한 법이니까요."

"하하하하!"

이현지 사장은 크게 웃음을 터뜨렸다. 강윤은 그녀에게 한마디도 지지 않았다. 그러나 그의 말은 명쾌했다.

"좋네요, 좋아. 그렇다면 내가 계속 가수들이 음악을 하게 만들어주면 강윤 씨는 계속 내 편일 거다? 이 이야기군요."

강윤은 말없이 웃었다. 긍정의 의미였다. 그 의미를 알아들은 이현지 사장은 더더욱 크게 웃으며 강윤에게 술을 따라 주었다.

"하하하! 오늘 크게 한 방 먹었네요. 내 편으로 끌어들이려고 했더니 오히려 내가 당했어. 강윤 씨, 무서운 사람이네요. 자, 받아요."

"잘 받겠습니다."

원칙과 기준. 강윤은 이게 확실한 사람이었다. 이현지 사장은 오늘 이강윤에 대해 확실히 알 수 있었다.

'그릇이 커. 여기에서만 머물 사람이 아니야.'

이현지 사장은 강윤과 어울리며 이렇게 판단했다. 단순히 일만 잘하는 그런 사람이 아니었다. 그녀는 강윤의 말에서 많은 걸 생각할 수 있었다.

가수가 음악을 하게 한다.

결국, 진리는 단순했다. 가수가 음악을 하면 수익이 창출되고 더 많은 사람이 즐거워하며 결국 회사는 점점 더 성장할 것이다. 지나치게 단순했지만 강윤은 핵심을 이야기했다.

자신은 사내 정치를 생각했지만, 강윤은 가장 중요한 것을 관통한 것이다.

결국, 이현지 사장은 강윤을 자신의 사람보다 동료로 삼기로 결정을 내렸다.

"받아요."

"너무 많이 주시는데."

"시끄럽고, 받아요."

화기애애함(?) 속에 두 사람의 술자리는 밤새도록 이어졌다.

새벽. 대부분의 사람이 빠져나간 술집.

이현지 사장은 술에 거나하게 취해 엎드려 있었고 강윤은 홀로 조용히 술잔을 기울이고 있었다.

"언젠가 MG엔터테인먼트를 벗어나 내 일을 해야 하는데…… 과제가 너무 많네."

MG엔터테인먼트의 깃발이 아니라 강윤, 자신의 이름을 달고 무대를 만드는 그날.

강윤은 그 무대에서 가수가 마음껏 소리치고 사람들이 환호하는 그날을 상상해 보았다.

술이 들어가니 그 생각이 머릿속을 강하게 휘저었다.

"아직은 멀었지. 희윤이 병도 해결해야 하고, 기반도 약하지만……."

그러나 호박색 술잔을 휘휘 저으며 강윤은 씁쓸히 웃었다.

아직은 너무도 먼 꿈이었다. 기반도 경험도 부족하며 상황도 좋지 않았다.

"그래도, 반드시……."

아직은 먼 미래를 생각하며, 강윤은 눈을 빛냈다.

반드시 이루어질 꿈을 생각하며…….

거나하게 취해 피곤함을 안고 있었지만, 강윤의 출근은 평상시와 다름이 없었다.

강윤은 오전에 공연팀 회의와 걸그룹 기획 관련 일들을 마치고 외근을 나왔다. 편곡 관련으로 작곡가를 만나기 위해서였다. MG엔터테인먼트의 이름이면 사람들에게 오라 할 수도 있지만, 강윤은 직접 가는 것을 선호했다. 그 기업의 환경도 볼 수 있고 만나는 사람의 특징도 잘 파악할 수 있기 때문이었다. 강윤은 명분보다 실리주의자였다.

'오늘은 지하네. 이건 연탄 자국인가?'

강윤은 작은 간판에 '해피맨'이라고 쓰인 지하로 내려갔다. 오늘 눈에 들어오는 건 간판보다 연탄 그을음이었다. 건물은 지저분했지만, 다행히 벨은 있었다. 벨을 누르니 잠시 후 하얀 러닝셔츠 차림의 남자가 문을 열고 고개를 내밀었다.

"누구십니까?"

"안녕하십니까. 이강윤이라 합니다. 곡 의뢰 건으로 왔습니다."

"이런, 죄송합니다. 잠시만."

러닝셔츠의 남자는 민망했는지 얼른 문을 닫고 들어갔다. 잠시 후, 가죽 재킷과 해골 달린 이상한 모자를 쓴 남자가 다시 문을 열고 나왔다.

"죄송합니다. 들어오십시오."

강윤은 안으로 들어갔다. 안에는 작은 스튜디오 시설과 DJ 장비들, 그 외 오디오 등이 있었다. 강윤은 주변을 잠시 둘러보다 앉았다. 스튜디오로선 좋은 환경은 아니었다.

"안녕하십니까. YHB입니다. 아까는 죄송했습니다. 깜빡 잠이 들어서⋯⋯."

"아닙니다. 편곡은 잘돼 가십니까?"

"중간 정도 됐습니다. 한번 들어보시겠습니까?"

YHB는 기계를 조작했다. 곧 편곡 중인 음악이 흘러나오기 시작했다. 1절까진 원곡과 비슷한 비트로 흘러가다 2절부터 분위기가 확연히 달라져 클럽 비트로 흘러가기 시작했다. 그러나 많이 완성되진 않았는지 2절 중간 부분에서 멈췄다.

"좀 더 풍성했으면 좋겠습니다. DJ 효과도 넣어서 말입니다."

"알겠습니다. 아쉽네요."

작곡가로서의 욕심이었는지 YHB는 아쉬움을 진하게 드러냈다. 오랜만에 들어온 곡 의뢰는 그만큼 즐거웠다. 화려한 일렉트릭 비트가 절로 몸을 흔들게 하였다. 강윤은 어깨를 들썩이며 리듬을 타보았다.

노래에 이래라저래라 할 구석은 존재하지 않았다. 강윤은 만족했다.

곡을 들어본 강윤은 자리에서 일어났다.

"그럼 작곡가님 믿고 전 가보겠습니다."

"더 필요한 건 없으십니까?"

특이한 옷차림과는 달리 YHB는 배려심 있는 착한 사람이었다.

"작곡가님이 알아서 해주세요. 그냥 믿고 있겠습니다."

"……."

강윤은 다른 말은 하지 않았다. 그 말이 의외였는지 YHB
는 물었다.

"제가 곡 의뢰를 많이 받은 건 아니지만, 사람들하고 다른
말씀을 하시는군요."

"네?"

"제게 곡을 맡기는 분들은 요구 사항이 많았습니다. 제가
신인이라 자주 겪는 일이긴 한데……. 이렇게 해주세요, 저
렇게 해주세요 하는 요구 사항이 많았습니다. MG엔터테인
먼트 분이라 해서 바짝 긴장하고 있었는데……. 알겠습니다.
꼭 만족하실 만한 결과를 만들어 보이겠습니다."

"그럼 믿고 가겠습니다."

강윤은 다시 연탄 자국 있는 계단을 올라 밖으로 나왔다.
연탄 자국이 인상적인 건물을 나서며 강윤은 생각했다.

'YHB, 그러니까 유홍부는 곧 일렉트로닉의 대가로 확실
하게 자리를 잡을 거야. 아직 때가 되지 않은 거지 실력은 이
미 갖추고 있어. 크게 간섭할 필요가 없지.'

강윤은 결과에 만족하며 사무실로 복귀하기 위해 버스를
탔다. 그런데 그의 전화가 요란하게 진동했다.

"이강윤입니다."

ㅡ안녕하십니까. SunDae 렌탈의 문지한입니다.

"안녕하십니까, 사장님. 무슨 일이십니까?"

ㅡ조명 대여 건 때문에 연락드렸습니다. 오늘까지 주문서가 들어왔어야 하는데 아직 들어오지 않아서요. 연출팀에 문의해 봤더니 거기도 잘 모른다 해서 직접 연락드렸습니다.

"어제 공문으로 다 돌렸는데……. 가수 컨셉이 아직 안 잡혀서 오늘 주문이 힘들 것 같습니다. 내일 연락드리겠습니다. 앞으로는 이런 일 없도록 하겠습니다. 죄송합니다."

ㅡ네, 알겠습니다. 내일 연락 부탁드리겠습니다.

강윤은 내일 주문하겠다고 양해를 구했다. 업체에 이렇게 연락해 달라고 기획팀에 공문까지 넣어놨었다. 그런데 업체에서 연락이 오게 하다니. 강윤은 한숨이 나왔다.

통화가 끝나고 강윤은 서둘러 회사로 향했다. 회사에 도착하자마자 강윤은 연출팀 사무실로 직행했다.

"공문을 확인 못 했다고요?"

"죄송합니다. 어제 인트라넷에 오류가 생겨서 그런 것 같습니다."

"아이고."

연출팀 과장의 민망한 말에 강윤은 침음을 흘렸다. 간혹 인트라넷 오류로 메시지가 전송이 안 되는 경우가 있지만 공지가 이런 경우는 처음이라 했다. 연출팀 과장에게 앞으로 이런 일 없도록 전산팀에 단단히 말해달라 하고는 연출팀을 나섰다.

사무실로 돌아왔더니 '결재를 바랍니다' 친구들이 책상 위에 산처럼 쌓여 있었다.

'오늘도 많네……'

절로 한숨이 나왔지만, 강윤은 얼굴을 손바닥으로 한번 치곤 밀려 있는 결재 서류 더미에 달려들어 업무를 시작했다.

시즌스 멤버들의 2층 연습실에선 지금까지와는 전혀 다른 소리가 터져 나오고 있었다. 어깨를 들썩이게 하는 일렉트릭 사운드가 쨍쨍하게 연습실을 가득 메우고 있었다.

"이거 우리 노래야? 완전 내 스타일인데?!"

송하늘은 어깨를 들썩이다 흥에 겨워 손까지 흔들었다. 흥겨운 일렉트릭 사운드는 절로 몸을 흔들게 만드는 힘이 있었다.

"노래 느낌이 확 바뀌었네요. 원곡하고 느낌이 완전 달라요."

장한나는 걱정스러운 눈치였다. 일렉트릭 사운드를 거의 접해보지 않았기에 생긴 걱정이었다. 문지혜는 나쁘지 않다는 눈치였고 강혜선은 이미 송하늘과 한마음이 되어 몸을 흔들고 있었다.

"여기까지."

각양각색의 멤버들이 각자의 방법대로 노래를 즐기고 있
는 것을 강윤이 박수를 치며 중단시켰다. 모두의 시선이 강
윤에게로 집중되었다.

"이런 느낌이야. 어때?"

"좋아요!"

언제나 직선적인 송하늘의 말이었다. 그녀는 진심으로 마
음에 들었는지 지금도 흥을 주체하지 못했다. 반면 장한나는
걱정이 많이 되는지 망설이는 모습이었다.

"너무 파격적인 것 같아요. 백화점 무대에서 클럽 노래라
니. 무리수 아닐까요?"

장르가 마음에 안 든다는 마음도 당연히 있었다. 그러나
백화점에 나오는 불특정다수를 생각해 보면 핑계만은 아니
었다.

클럽은 20대가 즐기는 문화지 40대를 넘어가면 불편하다
생각하는 사람이 더 많았으니까.

"언니, 왜 그래? 난 맘에 드는구만."

"하늘아, 좋게만 생각할 게 아냐."

"언니. 어차피 다 맡기로 했는데 무슨 걱정이야? 잘되
겠지."

송하늘은 이미 일렉트릭에 꽂혀 무한 강윤 찬양으로 흘러

가고 있었다.

장한나는 뭐라 말을 하려다 속으로 꾹꾹 눌렀다. 강윤이 가고 나면 등짝 스매싱을 한 대 날릴 생각이었다.

모두가 곡에 대해 이러쿵저러쿵 이야기하는데 강윤이 주위를 환기시켰다.

"곡을 가져오기는 했지만 선택은 너희 몫이야. 전에도 말했지만 강제하지는 않아. 원곡으로 할 경우 거기 있을 너희 팬들에게 어필할 수 있는 장점이 있지. 지금 이 곡은 파격적인 무대와 화제성이 확실하다는 장점이 있고. 단점이라면 너희가 어필할 만한 팬이 부족하다는 것, 그리고 파격은 언제나 리스크를 가져온다는 거지."

이제는 결정할 때였다. 오늘은 업체에 꼭 렌탈 장비 리스트도 넘겨줘야 했다. 그래야 준비 측도 준비를 하고 이쪽에서도 맞춰 준비할 수 있다. 더 이상은 시간을 끌기가 곤란했다.

강윤이 선택을 기다리는데 시즌스 멤버들은 결정을 했는지 장한나가 대표로 말했다.

"편곡한 거로 할게요."

"좋아. 그럼 난 필요 장비와 컨셉들을 구상할게. 너희도 기본 안무를 바꿔서 클럽 컨셉에 어울릴 만한 안무를 생각해 봐."

"지혜야, 클럽 댄스로 안무 짤 수 있겠어?"

장한나의 물음에 문지혜가 답했다.

"해볼게. 바로 해보자."

"오케이! 자, 우리 연습하자!"

시즌스 멤버들이 연습을 위해 서자 강윤은 조용히 사무실로 내려왔다. 사장 윤문수와 구체적으로 공연에 관해 이야기하기 위해서였다.

사무실에서 강윤은 윤문수 사장이 내주는 커피를 마시며 본격적으로 공연 이야기를 시작했다.

"여기 옌 백화점 무대 모습입니다."

강윤은 무대 스케치와 사진, 그리고 컨셉 등을 적은 서류들을 펼쳐 놓았다. 윤문수 사장은 서류와 사진들을 하나하나 살펴보았다.

"무대는 크지 않습니다. 5명이 춤을 추기에 딱 맞는 공간이라 생각하시면 됩니다. 모니터 스피커 1개, 그 외 가수를 위한 시설은 없습니다. 저희가 따로 설치할 시설은 사이키 조명과 레이저빔, 포그 머신입니다. 더 들어갈 장비들은 없습니다."

"생각보다 많이 들어가진 않는군요."

"예산이 없으니까요."

"……."

강윤의 돌직구에 윤문수 사장은 침묵했다. 언제나 돈이 원수였다.

"겨울이라 해가 빨리 집니다. 무대 순서는 뒤에서 3번째에 잡았습니다. 그날 사정에 따라 달라지겠지만 미뤄졌으면 미뤄졌지 앞으로 당겨지지는 않을 겁니다. 사이키를 터뜨리고 레이저 빔과 포그 머신을 사용해 클럽 분위기를 연출하는 것이 이번 무대의 핵심입니다."

"그런데 백화점 옆이니 주변 조명이 너무 밝지 않겠습니까?"

"상관없습니다. 오히려 이곳이 너무 클럽 같아 보이지 않게 하는 것이 좋습니다. 우리는 분위기만 연출하는 거지 진짜 클럽이 아니니까요."

"아하."

윤문수 사장은 강윤의 이야기를 이해했는지 무릎을 딱 쳤다. 본질은 방송 무대다. 클럽 요소는 말 그대로 양념이다. 양념은 더더욱 맛깔나게 해주는 요소지 본질은 아니다.

"레이저나 사이키 조명은 길어야 7초에서 12초 사이입니다. 말씀하셨다시피 여긴 백화점입니다. 저 조명들은 오래 켜놓으면 눈이 아프죠. 잠깐잠깐 동원하여 시선을 빼앗고 사람들을 조금이라도 사람을 끌어모으는 겁니다."

"……."

윤문수 사장은 감탄했다. 강윤의 말대로만 된다면 무대는 물론이요 화젯거리도 충분할 것 같다는 생각이 들었다. 기껏해야 행사 무대인데 이렇게까지 용도가 확장될 줄이야. 처음 자신이 이야기했지만 그게 실제로 이루어질 줄은 본인도 생각하지 못했다.

이야기를 마치고 강윤은 사무실을 나섰다. 허름한 건물에서 멀어지며 강윤은 무대에 대해 고민했다.

'관건은 춤의 완성도야. 내일 확인해 봐야겠어.'

공연에 대한 여러 가지 것을 수첩에 적으며 강윤은 집으로 향했다.

다음 날.

두마즈엔터테인먼트의 연습실에서 시즌스 멤버들은 연습에 구슬땀을 흘리고 있었다. 이전보다 빨라진 비트, 30초의 시간 증가에 모두가 긴장하고 춤을 춰야 했다.

'이거 장난 아니잖아?'

시즌스 멤버들이 편곡한 노래로 연습하는 장면을 보며 강윤은 적잖이 놀랐다. 멤버들에게서 나오는 빛이 하얗게 매우 강했던 탓이었다. 물론 연습이 부족한 탓인지 멤버들에게서 나오는 빛이 아직 어우러지진 않았다. 하지만 이런 빛을 보며 강윤은 확신할 수 있었다. 노래와 시즌스 멤버들이 매우 잘 맞는다는 것을 말이다.

"이전 곡도 한번 해보자."

강윤은 혹시 몰라 이전 곡을 주문했다. 다시 대열을 갖추고 비트가 낮아진 댄스를 추는 멤버들에게서 강윤은 회색의 빛이 나오는 걸 볼 수 있었다.

'역시 편곡이 답이었어.'

노래가 나쁜 게 아니었다. 그러나 시즌스 멤버들과 상성이 맞지 않았다. 마치 어울리지 않는 옷을 입은 사춘기 소녀와 같은 느낌이었다. 시즌스 멤버들도 편곡한 곡이 힘은 더 들어도 군무의 완성도나 노래가 더 낫다는 것을 바로 알 수 있었다.

기존 곡과 편곡된 곡의 비교가 끝나고 강윤은 시즌스 멤버들을 한대 모았다.

"이제 준비는 다 됐어. 공연에 대한 자세한 사항들은 사장님께 다 말해놨어."

"네."

"질문."

강윤의 물음에 강혜선이 손을 들었다.

"무대 의상은 어때요? 많이 야해요?"

"무리수는 없을 거야. 너무 드러내면 사람들이 싫어하거든."

"사장님이 벗어야 사람들 눈에 많이 띌 거라 하셨는데……."

강혜선이 중얼거리자 강윤은 고개를 저었다.

"한 번 벗으면 다시 주워 입기가 힘들어지지. 사람들은 더한 자극을 계속 원하는 법이니까. 보여주는 건 적당히. 너희는 안무로 승부를 하는 거야. 이번에 곡이 잘 나와서 충분히 해볼 만해. 장치들도 너희를 잘 보조해 줄 거야. 걱정하지 않아도 돼."

"네."

강혜선은 수긍하곤 고개를 끄덕였다. 많은 노출을 꺼리는 그녀로서는 노출이 적다는 말에 안심하는 눈치였다. 다음 질문은 문지혜에게 나왔다.

"몇 시까지 도착해야 해요?"

"무대가 6시 30분에 시작이 될 거야. 기술 리허설이 3시에는 들어가겠지. 늦어도 그때까진 도착하도록 해."

"주말이라 시간 잘 봐야겠네요."

매니저가 챙겨야 할 사항도 그녀는 꼼꼼하게 챙겼다. 매니저도, 코디네이터 역할도 그녀들 스스로가 척척이었다.

강윤은 공연 관련으로 몇 가지 질문을 더 받고 답변을 해주었다. 작은 곳이라 안전에 유의해야 한다는 것과 무대와 공연장의 간격이 좁으니 관객들과 눈이 마주쳤을 때 당황하지 말아야 한다는 것 등을 낮이 상소했나.

이야기가 끝나고 강윤은 연습실을 내려왔다. 이젠 사무실에서 윤문수 사장을 만나 마무리를 할 단계였다. 사무실로 갔더니 윤문수 사장이 필요한 서류들을 들고 기다리고 있었다.

"여기 앉으시죠."

윤문수 사장은 강윤에게 매우 깍듯했다. 단순히 큰 소속사 사람이라서가 아니었다. 강윤의 일하는 모습, 시즌스 멤버들의 바뀌는 태도 등등 모든 것을 보니 능력이 있다는 것을 판단할 수 있었다.

이미 비용 관련 결제들은 서명이 끝났다. 지금 남은 서류들은 장비 렌탈, 의상에 관한 남은 서류들이었다. 강윤은 윤문수 사장과 간단하게 일들을 하고 바로 자리에서 일어났다.

"수고하셨습니다. 사장님."

"수고하셨습니다, 이 팀장님. 이제 리허설 때 뵙겠군요."

강윤은 잠시 생각했다. 무대는 대전에서 열린다. 과연 대전까지 가야 할까? 비용적인 면에서 손해였다. 그 작은 무대에 자신이 가봐야 큰 필요가 없다. 생각이 정리되자 강윤은 고개를 저었다.

"죄송합니다. 그날은 다른 일을 해야 할 것 같네요."

"그러십니까……."

"스태프들은 최고로 편성해 놓았습니다. 이미 세팅도 다 되어 있으니 걱정하지 않으셔도 됩니다. 준비한 대로 마음껏 하시면 됩니다."

윤문수 사장은 진한 아쉬움을 드러냈다. 그러나 대전까지 와달라고 요청하는 건 큰 실례였다. 이미 강윤은 의뢰받은 것 이상의 일을 해주었다.

"알겠습니다. 그동안 해주신 것들, 진심으로 감사드립니다."

"좋은 결과가 있을 겁니다."

윤문수 사장과 악수를 하고, 강윤은 두마즈엔터테인먼트를 나섰다.

'이제 결과로 나올 일만 남았군. 잘 되길.'

허름한 2층 건물을 다시 한 번 돌아보며 강윤은 진심으로 잘 되기를 빌었다.

옥상.

겨울의 삭풍이 지나고 불어오기 시작한 봄의 훈풍은 옥상에 사람들이 모여들게 만들었다. 담배 한 대로 피로를 푸는 사원들부터 몰래 쉬러 온 연습생, 가수들까지 옥상은 언제나 MG엔터테인먼트 사람들의 휴식처였다.

"하아……."

그중 민진서도 있었다. 옥상 한구석에서 건물을 내려다보며 그녀는 고민에 잠겨 있었다.

─가수 준비반 이동 공지.

손에 든 종이를 보며 민진서의 얼굴에는 근심이 떠나질 않았다. 연습반에서 준비반으로 등급이 올랐으면 기뻐해야 할 일이건만 그녀의 얼굴은 전혀 그렇지 않았다. 연기 연습반에서 가수 준비반으로 이동된 것이기 때문이었다. 말 그대로 전공이 바뀌어 버렸다.

'이걸 어떻게 하지? 다시 내려달라고 할까?'

민진서는 종이를 와락 구겼다.

회사의 일방적인 통보였다. MG엔터테인먼트는 규율이 빡빡하기로 유명했다. 규율을 어기는 건 상상도 할 수 없는 일이었다. 만약 규율을 어긴다면 이후 활동에 막대한 지장을 초래한다. 연예인은 고사하고 퇴출 위기까지 온다. 그만큼 MG엔터테인먼트는 무서운 곳이었다.

"하아……."

생각할수록 한숨만 짙어졌다. 민진서는 계속 고민했지만, 답이 나오질 않았다. 그녀가 옆을 보니 가수 선배들이 담배를 멋들어지게 태우고 있었다. 연기처럼 그녀도 고민을 흩뿌려 버리고 싶었다.

"나도 담배나 태워볼까."

"아서라. 그런 거 배우면 못쓴다."

"꺅!"

민진서가 혼자 중얼거리는데 누군가가 끼어들었다. 화들짝 놀라 옆으로 눈을 돌리니 강윤이었다.

"티, 팀장님."

"복잡해 보이네. 무슨 일 있어?"

"아, 그게요……."

민진서는 기나긴 한숨을 지으며 이야기를 시작했다.

연기 연습반에서 가수 준비반으로 이동하게 되었다는 이야기였다.

'이래서 나갔었군.'

강윤은 민진서의 말을 듣고 과거에 그녀가 왜 MG엔터테인먼트를 떠나 작은 소속사로 이전했는지를 알 수 있었다. 물론 타 소속사로 이전 후 연기 재능이 폭발해 히트를 쳤다.

민진서의 이야기를 다 듣고 강윤은 심각한 얼굴이 되었다.

'어떻게 해야 하나?'

민진서는 배우가 아니면 의미가 없다. 강윤은 그걸 너무도 잘 알았다. 그런데 회사는 민진서를 가수로 준비시키고 싶어한다.

민진서는 확실히 눈에 띄었다. 키도 컸고 몸매도 좋은 데다 타고난 목소리도 좋아 가수로 욕심이 날 만했다. 눈에 띈다는 건 곧 스타성이 있다는 뜻이기 때문이다.

하지만 본인이 가수를 원하시 않는다는 걸 강윤은 잘 알았다.

생각을 정한 강윤은 차분히 이야기를 시작했다.

"확실히 마음은 정한 것 같구나."

"……네."

민진서의 답에는 망설임이 없었다.

연기.

뜻을 정했는지 그녀의 눈에는 흔들림은 없었다.

그녀의 뜻을 이해한 강윤은 차분한 어조로 이야기를 풀어 나갔다.

"냉정하게 말하면 이건 기회가 될 수도 있어. 우리 회사는 배우를 성공시킨 적은 없지만, 가수에 대한 노하우는 충분해. 어쩌면 불안한 연기자로 데뷔하는 것보다 가수로 데뷔하는 게 더 나을 수도 있어."

"……저도 알고 있어요."

민진서는 가늘게 떨고 있었다.

강윤이 말하고자 하는 의도, 민진서도 잘 알고 있었다. 먼저 가수로 데뷔하고 후에 연기를 하는 게 어떻겠냐, 이런 이야기였다.

그러나 민진서는 단호했다.

"……저는 노래에 재능이 없어요. 재미도 없고요. 가수로 시작했다가 연기로 전향하는 사람들은 아무리 잘해도 사람들의 편견에서 벗어나기 힘들어요. 저는 처음부터 제대로 연기자의 길을 가고 싶어요. 연습하면 할수록 연기가 재미있다는 걸 느껴요. 힘들다고 돌아가고 싶지 않아요."

민진서는 목소리에 힘을 주며 말을 이어갔다.

"선생님과 이야기한 후, 확실히 길을 정했어요. 나는 연기자가 될 거다. 그때부터 더 열심히 연습했어요. 저는 연기자로 데뷔해서 주욱 연기로 성장하고 싶어요."

어찌 보면 배부른 고민일지도 몰랐다.

그러나 강윤은 그녀의 고민이 심각하다는 걸 알았다.

남에게 휘둘려 꿈을 꺾인다는 건 그만큼 비참한 일이었다.

'어떻게 해야 하나.'

강윤은 고민했다.

그가 아는 민진서는 성공할 가능성이 컸다.

강윤의 과거에 민진서는 최고의 배우였으니 말이다.

'만약 민진서가 회사를 나가면 자신의 꿈을 마음껏 펼칠 수 있겠지. 과거에 민진서는 계속 성공 가도를 달렸고 이후에도 계속 그랬…… 아니, 잠깐.'

강윤은 과거, 민진서가 몸담았던 디로스엔터테인먼트에 대한 것들을 떠올렸다.

'디로스엔터테인먼트에 관한 이상한 소문이 몇 가지 돌았었지. 민진서와 노예계약을 했다는 이야기부터 접대를 나갔다는 이야기까지 여러 가지 안 좋은 소문이 돌았었어. 사실 여부는 밝혀지지 않았지만 공공연히 그런 이야기들이 떠돌았지. 결국 기사화되지도 않았고. 민진서의 성공이 계속될수록 잡음은 심해졌고.'

디로스엔터테인먼트에서 연기를 한다면 민진서는 행복했

을까?

강윤의 결론이 여기에 이르렀다.

잡음이 계속 나왔다는 건 뭔가 원인이 있었다는 이야기다.

디로스엔터테인먼트는 작은 기획사였다. 그런 작은 기획사에서 배우를 단기간에 성공시켰다.

과연 정상적인 방법으로 이루어졌을까?

'확실하진 않아도 좋지 않은 방법들을 많이 썼을 거야.'

강윤은 생각을 정리했다.

디로스엔터테인먼트에 가면 민진서는 과연 행복할까?

좋은 연기를 펼칠 여건이 될까?

결론은 아니다였다.

더 나은 결과를 위해, 강윤은 운을 뗐다.

"혹시 다른 소속사에서 연락이라도 온 거니?"

"……."

민진서는 정곡을 찔렸는지 움찔했다. 그녀는 숨기는 게 서툴렀다. 강윤은 자신의 짐작이 맞았다는 걸 알고 머리를 잡았다.

"역시."

"자…… 작은 곳에서 왔었…… 어요."

민진서는 우물쭈물하다 입을 다물었다.

그러나 강윤과 다시 눈을 마주치자 고개를 숙이며 조심스레 이야기를 시작했다.

"……지금 회사와 다르게 연기에만 집중할 수 있게 해준다 하셨어요. 금방 데뷔도 할 수 있게 도와준다 하셨고……."

민진서라면 혹할 만한 조건이었다.

연기 수업에 데뷔까지. MG엔테테인먼트와 비교할 것도 없었다.

"혹시 그 소속사, 디로스엔터테인먼트라는 곳이니?"

"……네."

강윤의 쿡 찌르는 말에 민진서는 진심으로 놀랐다.

'돗자리라도 깔았나' 하는 생각마저 들 정도였다.

회사 그 누구에게도 말하지 않은 부분이었다.

민진서는 강윤이 어떻게 나올지 몰라 겁이 덜커덕 났다.

그러나 강윤의 반응은 그녀의 생각과 달리 부드러웠다.

"앞으로 어떻게 할 생각이야?"

"아직…… 잘 모르겠어요."

"만약에, 계속 연기를 할 수 있다면 여기 남을래?"

"네?"

민진서는 이게 무슨 소리인가 싶었다. 민진서의 얼굴에 의아함이 떠올랐다.

"난 진서 네가 연기자가 되면 반드시 성공할 수 있을 거라 생각해. 솔직히 말하면, 놓치면 안 된다고 생각하고 있어."

"……왜요?"

"성공이 확실한 배우를 놓치면 안 되잖아."

저번에도 그랬고 이번에도 강윤은 계속 민진서에게 좋은 말을 하고 있었다.

그런 강윤의 말이 싫지는 않았지만 쉽게 믿기는 힘들었다. 민진서의 눈에는 의심이 떠올라 있었다.

"선생님께선 지난번에도, 지금도 제가 성공할 수 있을 거라 말씀하셨어요. 전 선생님께 감사드려요. 제가 길을 정할 수 있게 해주셨으니까. 그런데 우린 몇 번 만나지도 않은 사이예요. 선생님한테 전 수많은 연습생 중 하나일 텐데…… 제가 성공할 수 있을 거라고 쉽게 말씀하실 수 있는 건가요? 단순히 연습생을 놓치기 싫어서 그러시는 거 아니신가요?"

민진서의 절박한 만큼이나 반응도 격했다.

버릇이 없다고 반응할 법도 했지만 강윤은 그녀의 격함을 정면으로 받았다.

"증거를 보여줄까?"

"……."

"지금 네가 수많은 연습생 중 하나일 뿐이라고 이야기했지?"

"……."

"그게 아니라는 걸 보여줄게. 그 증거로 네 불안을 이번 주 안에 해결해 줄게. 대신 그 기간 동안 다른 소속사로 가는 건 미뤄줘."

"네?"

민진서는 강윤이 무슨 말을 하는지 알 수 없었다.

불안을 해결한다니, 무슨 의미인지 아리송했다.

강윤은 민진서의 마음을 알았는지 다시 확실히 이야기했다.

"앞으로 연기에만 집중할 수 있게 해줄게."

햇살에 비치는 강윤의 모습은 민진서에게 눈이 부셨다.

이런 약속만으로도 그녀는 사실 고마웠다. 이 회사에서 누가 이렇게 자신을 위해 노력이라도 해주었는가. 민진서는 이것만으로도 감사했다.

그러나 그녀는 감정을 누르며 답했다.

"……알겠습니다."

그녀는 애써 고개를 흔들며 이상한 환상을 지워냈다.

민진서와 약속을 한 강윤은 쉬는 시간이 끝났다며 다시 사무실로 내려갔다.

옥상을 내려가는 강윤의 넓은 등을 보며 민진서는 조용히 중얼거렸다.

"이번 주……. 그래, 한 주 정도야……."

민진서는 옥상 난간에 팔을 걸치며 한숨을 내쉬었다.

시즌스의 공연이 있는 날.

강윤은 변함없이 회사로 출근하기 전 아침 식사를 마치고
옷을 입고 있었다.

"오빠, 전화 왔어."

강윤이 옷을 갈아입는데 희윤이 거실에 굴러다니는 그의
휴대전화를 들고 왔다. 강윤은 매려던 넥타이를 내려놓고 전
화를 받았다.

"전화 받았습니다. 한 과장님, 네. 예? 아들이 교통사
고요?"

강윤의 목소리 톤이 확 올라갔다. 오늘 가기로 한 회사 직
원이 아들의 교통사고로 인해 갈 수 없게 되어버렸다.

"……알겠습니다. 제가 가죠. 아들 잘 돌봐주세요. 네."

전화를 끊은 강윤의 얼굴에 수심이 끼자 넥타이를 매주던
희윤이 물었다.

"오빠, 왜 그래? 사고 났어?"

"대전으로 가기로 한 직원이 못 가게 됐어. 아들이 교통사
고가 났대."

"진짜? 그럼 어떡해?"

"오빠가 가야 할 것 같아. 오늘은 일찍 퇴근해서 같이 병
원 가려고 했는데……."

강윤은 희윤에게 미안해져 시선을 피했다. 크게 걱정할 게
없다 판단했건만, 일정이 다 틀어져 버렸다.

그러나 희윤은 강윤의 구겨진 표정과는 반대로 따스하게

웃어 주었다.

"괜찮아. 어차피 그쪽에서 오빠가 와주길 바라고 있었다며. 잘된 거네."

"이게 반복되면 계속 그렇게 해야 한다고. 내가 지금 기획을 하는 건지, 컨설팅을 하는 건지 구별이 안 가."

"뭐 어때? 능력 있으면 둘 다 하는 거지. 자, 다 됐다."

희윤은 강윤의 넥타이를 멋들어지게 매주었다. 보라색 넥타이가 흰 와이셔츠에 딱 어우러졌다.

"우리 오빠 멋있다."

"그럼 오빠가 제일 멋있지. 그럼 갔다 올게. 병원 꼭 가고."

"알았어."

강윤은 희윤의 배웅을 받고 바로 회사로 향했다. 오늘 대전으로 가기로 한 한 과장의 업무를 인계받아 가야 했기에 서둘러야 했다. 물론 강윤이 다 지시해 놓은 것이기에 오래 걸리지 않았다.

사무실에서 빠르게 준비를 마친 강윤은 바로 서울역으로 향했다. 서울역에서 KTX를 타고 대전으로 가니 도착하는 네 그리 오랜 시간이 걸리진 않았다.

'여기구나.'

강윤이 현장에 도착했을 땐 이미 기술 리허설이 진행 중이었다. 강윤은 바로 조명 메모리를 조명감독에게 넘기곤 잠시 대화를 나누었다.

조명감독은 이런 작은 행사에 세세히 조명 세팅을 하고 조명 메모리까지 해서 넘기는 경우는 없다며 철저한 준비에 혀를 내둘렀다. 편안한 마음으로 왔는데 이 공연에는 신경 쓰겠다는 그의 말에 강윤은 잘 부탁한다며 담배 한 갑을 내밀었다. 일종의 뇌물이었다.

강윤은 백화점 안의 빈 공간을 빌려 연습을 하는 시즌스를 찾아갔다.

"어? 안녕하세요?"

오지 않는다던 강윤이 오자 모두가 반갑게 그를 맞아 주었다. 뜻하지 않은 지원군을 얻은 양, 그녀들의 사기가 크게 올랐다. 강윤은 사온 물을 내밀었고 모두가 벌 떼같이 달려들었다. 와서도 힘들게 연습한 탓에 모두가 단번에 물의 반 이상을 비워 버렸다.

"팀장님이 직접 오시다니, 놀랍습니다."

윤문수 사장의 서운함과 반가움이 동시에 서려 있는 말에 강윤은 어깨를 으쓱할 뿐이었다. 굳이 이쪽의 사정을 말할 이유는 없었다.

"오빠, 우리 연습 진짜 많이 했어요."

물을 단번에 절반 이상 마셔 버린 송하늘이 자랑을 했다. 아니 그녀만이 아니었다.

"어제도 늦게까지 연습했어요. 오늘 자신 있어요."

강혜선도 끼어들었다. 모두가 동의하는지 고개를 끄덕이는데 강윤은 알았다는 듯 고개를 끄덕였다.

"리허설 때 기대할게."

"네!"

기술 리허설이 끝나고 곧 사전 리허설 시간이 왔다.

시즌스 멤버가 모두 나가 간단하게 춤을 추며 동선을 파악하는데 장한나가 무대 중앙에 툭 튀어나온 모니터 스피커에 불만을 표했다.

"이거 춤에 방해돼요."

"하지만 이게 없으면 음악을 들을 수 없을 겁니다."

음향 엔지니어가 걱정스레 답했다. 시즌스는 개인 이어 마이크가 없었다. 결국 모니터 스피커가 없으면 노래를 메인 스피커로 들어야 했다. 무대에서 메인 스피커로 노래를 듣는 건 쉽지 않았다. 노래가 무척 작게 들리기 때문이었다. 이때 무대 앞에 있던 강윤이 나섰다.

"어차피 AR(MR+목소리)로 갈 거니까 모니터 스피커 빼자."

"그런데 노래 못 들으면 박자 놓칠 수도 있어요."

문지혜가 걱정스럽게 물었다. 박자를 놓치면 모두의 춤이 흐트러진다. 오늘 부대는 매우 중요했다. 그렇기에 작은 실수라도 한다면 힘들어졌다.

"여기 무대가 작잖아. 모니터 스피커 없어도 메인 스피커로 음악을 들을 수 있을 거야. 사람들이 모인다 해도 스피커의 위치를 보니 무대에서도 확실히 소리를 들을 수 있어. 메인 스피커가 앞에 있지 않고 위에 있잖아."

메인 스피커가 앞에 있다면 소리가 관중에게만 뻗어 나가기에 뒤에 있는 가수들에겐 모니터 스피커는 무조건 필요하다. 그러나 메인 스피커가 위에 있거나 무대 옆에 있다면 메인 스피커에서 나오는 소리가 무대로 들려온다. 큰 공연에서는 잘 없는 일이지만 작은 공연에서는 흔히 있는 일이었다.

강윤은 음향 엔지니어에게 요청해서 모니터 스피커를 치우고 다시 리허설을 했다. 모니터 스피커를 쓸 때만큼은 아니었지만 소리는 잘 들려왔다.

"괜찮은가요?"

음향감독의 말에 시즌스 멤버들은 손으로 동그라미를 그렸다. OK 신호였다.

그녀들은 무대를 내려오며 강윤에게 엄지손가락을 들었다. 무대 경험이 부족한 만큼 강윤의 이런 도움은 최고 중의 최고였다.

"사장님보다 백배 낫네."

직설적인 송하늘의 말에 강혜선이 맞장구를 쳤다. 장한나는 아무 말도 하지 않지만, 고개를 끄덕이면서 동의했다. 그리고…….

"그냥 우리 사장님 하라고 할까?"

문혜선이 화끈하게 마무리를 했다. 여자들이 무대를 내려오며 어떤 수다를 했는지 모르는 강윤만이 다른 가수들의 무대를 보며 긴장의 끈을 잡을 뿐이었다.

옌 백화점 오픈 기념 공연.

백화점 오픈 행사라 사람이 무척 많았다. 가수들도 유명 가수와 무명 가수가 섞여 있어 유명 가수가 나올 때면 사람들이 몰려들었지만 무명 가수가 나오면 사람들의 반응은 극단적으로 적었다.

강윤은 사람들의 이런 극단적인 반응에 혀를 내둘렀다. 하지만 행사라고 불리는 공연은 일반적으로 무명 가수에게 냉정했다.

"감사합니다."

"짝짝짝."

유명하지 않은 남자 가수의 무대가 끝나자 사람들은 가볍게 박수만 쳐주었다. 그의 무대가 끝나고 사회자가 앞으로 나섰다. 그는 TV에 자주 나오는 개그맨이었다.

"이번에도 신인 가수입니다."

그의 말에 사람들 반응이 좋지 않았다. 강윤은 재미없다며 자리에서 일어나려는 사람들의 반응에 몸이 부르르 떨렸다. 아직 시작도 하지 않았는데 무대 순서가 그리 좋지 않았다.

당일 가수의 공연 순서가 꼬인 탓이었다.

"소개합니다. 신인 가수 시즌스의 무대입니다."

사람들의 형식적인 박수 소리가 지나고 시즌스 멤버들이 무대에 나왔다.

"안녕하십니까, 시즌스입니다."

사람들은 먼저 박수로 맞아주었다. 그러나 형식적인 박수 소리였다.

'언니, 나 무서워.'

강혜선은 가라앉은 사람들의 눈이 무서웠는지 옆의 장한나를 자꾸 돌아보려 했다. 그러나 그때 관중석 가운데, 음향 엔지니어 옆에 있는 강윤과 눈을 마주쳤다. 강윤은 그녀에게 신호를 보내고 있었다.

'괜찮아. 차분하게 해.'

강윤의 신호를 받은 강혜선은 잠시 떨다 차분히 마음을 가라앉혔다. 이제 뚜껑을 열어볼 때였다. 지금 떨면 아무것도 되지 않는다는 걸 잘 알았다. 그건 열심히 준비해 준 강윤을 비롯한 모두에게 큰 실례였다. 시간이 가고 사람들은 웅성거렸지만, 강윤은 괜찮다며 그녀들을 안심시키고 있었다. 그녀들 모두가 심호흡을 하고 마음을 가라앉혔다.

마음을 가라앉힌 그녀들을 보고 강윤은 엔지니어들에게 신호를 보냈다. 시작 신호였다.

"어? 저게 뭐지?"

모든 조명이 꺼지며 초록색 레이저가 무대를 화려하게 장식하기 시작했다. 관중들의 놀람과 함께 분위기가 반전됐다. 지금까지 무덤덤하던 사람들이 큰 자극에 반응하며 들러리인 줄 알았던 시즌스에게로 눈을 돌리기 시작했다.

'지금부터다.'

초록빛 조명들과 사이키에 사람들이 시선을 빼앗기는 모습들에 강윤도 주먹을 꽈악 쥐었다. 그는 앞선 무대들을 보며 분위기를 파악하고 있었다. 발라드와 댄스, 오늘 여러 가수가 나왔지만 이런 분위기는 지금까지 없었다.

사람들의 호기심, 반감, 호응 등 여러 가지 반응들이 격하게 얽히는 가운데 시즌스 멤버들의 군무가 시작되었다.

강윤이 주문했던 대로 옷은 그리 야하지도, 그렇다고 라인이 많이 드러나는 옷도 아니었다. 짧으면서도 배꼽이 드러나지 않아 거부감이 크게 들지 않는 그런 의상이었다.

'확실히 의상은 잘 나왔어.'

클럽 스타일을 차용한 복장도 사람들에게서 시선을 빼앗는 데 한몫을 하고 있었다. 이미 남성 관객들은 완전히 시선 집중 상태였고 여성 고객들도 예쁘다는 반응부터 남자친구 옆구리를 찔러대는 질투의 시선도 적지 않았다. 지나가는 사람들도 하나둘씩 모여들고 있었다.

-아직 난 설레~ 너만 보면 떨리는데-!

이미 원곡과는 분위기가 확연히 달랐다. 강윤에게 비치는 하얀빛은 점점 더 강렬하게 빛이 났다. 일렉트로닉의 빠른 비트는 사람들의 어깨를 들썩이게 만들었고 무대 위의 시즌스는 화려하면서 끌리는 몸짓으로 사람들의 시선을 모으고 있었다.

–참 쉬운 거야– 몇 초 안 걸리는~ 이별이란 말이–!

"우와–!"

드디어 시즌스의 포인트 안무가 나왔다. 이전의 허리만 좌우로 흔들던 것과 달리 이번에는 몸을 옆으로 하여 온몸으로 웨이브를 탔다. 그녀들의 가는 허리선이 강조되는 춤이었다. 칼군무에 사이키 조명이 터지자 사람들에게서 환호성이 나오기 시작했다.

"와아–!"

남자들의 환호성이 무척 컸다. 간간히 옆구리를 꼬집히는 남성도 있었다. 하지만 여성 관객들도 멋있다며 눈을 모았고 점점 더 많은 관객이 모여들고 있었다.

'휴……'

강윤은 시즌스에게서 나오는 하얀빛과 관객들의 좋은 반응을 보며 안도의 한숨을 쉬었다.

시즌스의 공연이 절정으로 치달을수록 작은 관객들의 소리는 점점 커져 갔고, 공연이 끝날 즈음 관객들의 소리는 큰 파도로 뒤바뀌어 있었다.

"감사합니다!"

무대 뒤편에서 강윤은 시즌스에게 주변이 떠나갈 만큼 큰 인사를 받았다.

"아직 다 안 끝났어. 쉿."

아직 마지막 가수의 무대가 남아 있어 강윤이 주의를 주자 강혜선이 그제야 자신의 머리를 가볍게 두드렸다. 그래도 그녀가 강윤을 보는 눈은 마구 반짝이고 있었다.

"오빠! 진짜 감사드려요. 오늘 같은 무대, 난생처음이었어요. 다 오빠 덕분이에요."

문지혜도 오늘의 감격을 잊지 못할 것 같았다. 신인이라 경험은 많지 않았지만 이런 게 감격스러운 무대는 처음이었다. 작은 무대였지만 사람들의 호응을 격하게 받아본 것도 처음이었다. 게다가 처음에 없던 호응이 점점 커지는 무대는 다시는 겪기 힘든 경험이었다.

아직도 마지막 인사하고 내려올 때 사람들이 소리치며 박수를 쳐주던 그 여운이 떠나가질 않았다.

"전…… 처음에 이게 통할까 싶었어요. 그래도 말하는 대로 하기로 했으니까 그냥 했죠. 그런데 이렇게까지 사람들한테 통할 줄은 생각도 못 했어요. 감사드려요."

장한나도 크게 다르지 않았다. 클럽 댄스를 좋아하지 않아 더 망설였던 그녀였다. 그런데 지금은 무대의 여운이 가시지 않아 손까지 떨고 있었다.

송하늘도 질세라 한마디 했다.

"오빠오빠, 고마워요. 오늘 무대 평생 못 잊을 거예요. 오늘 무대는 정말⋯⋯."

"어어? 하늘이 운다."

"아냐!"

송하늘은 감격에 겨워 눈물까지 흘렸고 강혜선이 그녀를 달랬다. 막내인 그녀들은 이내 토닥거리며 시끌시끌해졌다.

그런 그녀들의 모습을 웃으며 바라보던 강윤은 웃으며 고개를 흔들었다.

"다들 수고했어. 다음에는 더 좋은 무대에서 만났으면 좋겠다."

"수고하셨습니다."

강윤은 시즌스 멤버들과 악수와 포옹을 하고 뒤에서 기다리고 있는 윤문수 사장에게로 향했다. 그에겐 아직 할 일이 더 남아 있었다.

"촬영은 잘됐습니까?"

"네. 아주 잘 뽑혔습니다. 최고입니다."

강윤은 윤문수 사장이 찍은 캠코더를 받아 들고 재생시켰다. 줌과 아웃이 적절히 들어간 영상은 멤버들의 표정까지도 잘 잡혀 있었다. 특히 시즌스 멤버들이 허리를 돌리는 안무까지 제대로 실려 있었다.

"좋군요. 이대로 올려주십시오. 제가 당부했던 거 잊지 말아주시고요."

"네. 회사 IP로 절대 올리지 말 것. 기억하고 있습니다. 아예 이 동네 피시방에서 올리고 갈 생각입니다."

강윤은 캠코더를 다시 윤문수 사장에게 주었다. 이제 강윤이 할 일은 모두 끝났다. 공연뿐만 아니라 사후 서비스까지 한 격이었다.

강윤은 윤문수 사장과 인사를 하고 집으로 가는 열차에 몸을 실었다.

'후우…… 힘들다.'

달이 이미 중천에 떠올랐다. 하루 종일 피로에 찌든 강윤은 열차가 출발하자마자 바로 깊은 잠에 빠져들었다.

대전 출장의 여파가 남은 강윤은 졸린 눈을 하며 사무실에 출근했다. 잠시 후면 오늘 결과를 사장실에 올려야 했기에 강윤은 최종석으로 보고서를 검토했다. 이를 위해 들어간 예산, 한 일 등을 점검했고 마지막 결과에 대해 정리를 하는데…….

'뭐야, 이건?!'

윤문수 사장이 올린 동영상의 성과를 보기 위해 인터넷을 킨 강윤은 어이가 없어 눈을 껌뻑였다. 성과를 보기도 전에 실시간 검색어가 그의 시선을 사로잡아 버렸다.

-1위 시즌스.
-2위 엔 백화점 시즌스.
-3위 시즌스 클럽 댄스.

실시간 검색어에 익숙한 단어들이 주욱 올라와 있었다. 실시간 검색어 1위라니. 지금까지 검색어 순위도 못 들어가 본 가수가 실시간 검색어 1위라니 강윤도 황당한 결과에 당혹스러웠다.

그때, 전화가 울렸다. 윤문수 사장의 전화였다. 강윤은 간단히 인사를 하고는 바로 용건을 이야기했다.

"실시간 검색어에 들었군요."

-네. 팀장님이 말씀하신 대로 이번 공연 동영상을 인터넷에 올렸습니다. 포털 사이트 3곳과 동영상만 전문으로 올리는 사이트까지 4곳에 올렸는데…… 저도 자고 일어났더니 검색어 순위에 저렇게 떡하니 올라 있었습니다. 지금 추측성 기사가 마구 뜨니 이거 죽겠습니다.

"대부분 인턴 기자가 쓴 기사들이겠군요. 상황 보다가 큰 거 나오면 조치하세요. 성과는 좋게 나왔네요."

-팀장님! 제가 조만간 크게 쏘겠습니다. 팀장님은 공연, 아니, 음악의 신입니다. 신!

아침부터 오글오글한 말을 들으며 강윤은 통화를 마쳤다. 말 그대로 미친 성과였다. 실시간 검색어 순위는 생각해 보지 않았다. 동영상 조회수 2백만 이상을 예상했었는데 엄청난 성과가 나와 버렸다.

실시간 검색어 1위면 전 국민이 시즌스라는 이름을 한 번씩은 다 보게 된다는 계산이 나온다. 싼값에 일을 너무 잘해 준 셈이다.

'혼나겠는데?'

일을 너무 잘해서 혼날지도 모른다는 웃기는 고민을 하며 강윤은 사장실로 향했다.

아니나 다를까. 그녀는 보고서를 보기도 전에 실시간 검색어 이야기부터 꺼냈다.

"우리도 실시간 검색어 순위에 가수 하나 올리려면 알바에 직원들도 동원해야 하는데 이 팀장은 정말 쉽게 하는군요."

"아하하……."

"돈을 너무 적게 받았군요. 이걸 뭐라 해야 하는지……."

이현지 사장도 당혹스러웠다. 강윤은 뛰어나도 너무 뛰어났다. 강윤이 걸그룹 프로젝트에서 맡고 있는 업무량도 상당해서 공연팀 업무는 차근차근 단계를 밟아갈 생각이었다. 어디까지나 메인은 신인 걸그룹 양성, 서브가 공연팀인데 강윤은 그 이상의 성과를 내버리니 좋아해야 할지 말아야 할지 감이 잡히질 않았다.

"이 팀장, 이 팀장은 너무 일을 잘해. 너무 잘해서…… 하하."

포커페이스 이현지 사장도 이번에는 적잖이 당황했는지 머리를 싸맸다. 실시간 검색어 1위, 그것도 타 소속사 가수를 단번에 올려 버린 강윤의 위엄은 웃기도, 울기도 힘들었다.

이현지 사장은 결국 실소가 터져 나왔다.

"내 실수네요. 앞으로는 단가를 세게 부르도록 하겠습니다. 이 팀장을 과소평가했군요. 수고했어요. 아, 오늘 시간 괜찮나요?"

"무슨 일 있으십니까?"

"저녁에 술 한잔 어떤가요? 회장님이랑 셋이."

"알겠습니다."

"오늘은 일찍 마무리하고 내 방으로 와요."

강윤은 거절하지 않았다. 어차피 할 이야기도 있었다. 강윤은 알았다고 이야기하곤 사장실을 나왔다.

♪ ♫ ♩ ♪ ♫ ♩ ♪

사무실에서 강윤이 할 일은 많지 않았다. 공연 하나가 끝났고 걸그룹 프로젝트도 순조롭게 진행 중이었다. 다만 걸리는 게 있었다.

'팀워크가 너무 안 맞네.'

퇴근이 얼마 남지 않은 시간.

강윤은 트레이너들에게서 올라온 보고서를 받고 고개를 흔들었다.

'서로에게 맞추는 것보다 돋보이려는 경향이 강하다. 정민아, 크리스티 안, 한주연이 특히 심하고 이삼순, 서한유는 맞추려 노력하고 있다. 에일리 정은…… 그냥 안 되는군. 이거 더 강하게 쳐야 할까?'

가뜩이나 기가 센 아이들이라 트레이너들에게 주의를 줬는데 그 여파가 나타나고 있었다. 강윤은 한 번 꺾을 때가 되었다는 생각이 들었다.

일을 마무리 지으니 저녁이 되었다.

강윤은 바로 사장실로 향했다. 그곳에는 이미 원진문 회장과 이현지 사장이 기다리고 있었다.

"왔나?"

"안녕하십니까, 회장님."

"안녕하지. 자네, 사고 크게 쳤다면서?"

"사고라니요."

"큭큭. 그 돈 받고 그 정도 일을 해줬으면 사고지. 큭큭큭."

원진문 회장은 연신 웃음이 새어 나왔다. 지금까지 강윤

같은 이유로 고민거리를 안겨주는 이는 없었다. 그 이유가 생각할수록 재미있어서 원진문 회장은 연신 웃었다.

세 사람은 차를 타고 근처에 있는 고급 술집으로 향했다. 높은 사람들만이 출입하는 조용한 술집이었다.

"언젠가 한잔 따라주고 싶었지. 받게."

"감사합니다."

원진문 회장이 강윤에게 고급술을 따라주었다. 강윤은 고급 글라스에 빛깔 고운 술을 받고 원진문 회장과 이현지 사장에게도 따라주었다. 간단히 건배를 하고 술잔을 넘긴 후 이야기가 시작되었다.

사석에서의 원진문 회장은 털털했다. 이현지 사장은 말이 없는 편이었다.

일 이야기도 나왔지만, 사생활 이야기도 있었다. 물론 연예계 동향을 비롯한 여러 고급 정보가 나왔다. 물론 이날의 가장 큰 화젯거리는 실시간 검색어였다.

원진문 회장은 강윤의 빈 잔을 채우며 말했다.

"난 아직도 웃긴단 말이지. 현지 양, 어떻게 지방 공연 한 번에 검색어 1위를 할 수가 있지? 이게 쉬운 건가?"

"어렵습니다. 저희도 한번 검색어에 들려면 알바도 써야 하고 직원들도 비상근무를 해야 합니다."

"그런데 참…… 하여간 강윤이 대단해."

적당히 술이 들어가 얼굴이 붉어진 원진문 회장은 기분이 좋았다. 요즘 강윤 덕분에 회사가 달라졌다며 입에서 칭찬이 떠나질 않았다.

"좋아, 기분이다. 원하는 거 있나?"

"원하는 거 말씀이십니까?"

"그래, 딱 하나만 들어주지. 월급 올려 달라면 팍팍 올려 줄게. 오늘 기분이다!"

기분이 좋아 보이는 원진문 회장과는 달리 이현지 사장은 눈을 가늘게 떴다. 그 말의 진의를 그녀는 잘 알았다.

'알아보기 위한 수다.'

강윤이란 사람을 알아보기 위한 고도의 수. 원진문 회장이 자주 쓰는 방법이었다. 원하는 건 당연히 들어준다. 그러나 그 이후 사람을 대하는 태도가 달라지곤 했다. 회사 생활을 결정하는 중요한 기로였다.

이현지 사장이 긴장하는 가운데 강윤은 신중했다. 그는 잠시 생각하다 답했다.

"하나 부탁드려도 되겠습니까?"

"아무거나 말해보게. 다 들어주지."

"민진서 연습생을 주십시오."

"엥?"

전혀 예상하지 못한 소원에 원진문 회장도 이현지 사장도 눈이 휘둥그레졌다.

지난주, 민진서와의 약속은 항상 머릿속을 떠나지 않고 있었다. 강윤은 타이밍을 재고 있었다. 급여를 올려 달라는 소원을 빌어도 되었지만, 어차피 다음 연봉 협상에서 연봉이야 더 올라갈 게 분명했다. 그런 뻔한 걸 말할 바에야 더 가능성 있는 것에 투자하는 게 여러 가지로 이득이었다. 성공이 확실한 민진서를 잡아 기획을 한다면 미래에 더 큰 이익이었다.

"난 장인이 아니네."

원진문 회장은 황당했다. 소원을 빌었는데 난데없이 연습생을 달라니. 다행히 이현지 사장이 옆에서 설명을 해주었다.

"일에 필요한 연습생이 있는 것 같습니다."

"그런가? 결혼이라도 생각한 줄 알았지."

"……."

"물론 농담이네. 조크야. 민진서라니, 그게 누구길래 달라고까지 하는 건가? 설마하니 나가서 소속사를 차리려는 건 아닐 테고."

원진문 회장은 들어보지 못한 연습생이었다. 미래가 유망한 연습생이나 가수라면 잘 알고 있는 그였지만 연습생 모두를 알고 있을 순 없었다. 이현지 사장도 마찬가지였다.

"연기 연습반 연습생입니다. 지금은 가수 준비반으로 이동했고요. 그 연습생을 직접 맡아보고 싶습니다."

"계속해 보게."

원진문 회장은 가수팀 전문 기획자가 연기 쪽까지 욕심을 내니 이유를 알고 싶어졌다. 강윤은 차분하게 이야기를 풀어 나갔다.

　"민진서는 가수보다 연기로 대성할 싹이 보이는 연습생입니다. 비록 제 담당은 아니지만 주욱 지켜보고 있었죠. 그런데 이번에 연기가 아니라 가수 쪽으로 이동이 결정되면서 민진서 연습생의 흔들리는 모습을 봤습니다."

　"그런가?"

　원진문 회장은 독한 술을 천천히 넘겼다. 역시 예측이 잘 안 되는 남자였다. 흥미가 일었다.

　"가능성이 있는 연습생을 내버려 두는 건 회사에도 손해라 생각했습니다. 그래서 지금 요청드립니다. 민진서 연습생을 제가 담당하게 해주십시오."

　"그러니까, 그 연습생이 연기에 재능이 있고 잘될 가능성을 봤다? 그래서 직접 키워보겠다. 이건가?"

　"네."

　어느덧 잔을 다 비운 강윤은 다시 원진문 회장이 따라주는 잔을 받았다. 술기운이 조금씩 올라오고 있었다.

　"성공한 거라는 근거는 있나?"

　"죄송하지만 지금은 데이터가 없습니다. 내세울 수 있는 건 저 하나입니다."

　"오호. 자네가 보장하겠다, 이건가?"

"그렇습니다."

강윤은 이미 민진서가 성공할 것이라는 걸 알고 있었다. 미래가 변하기 시작했다는 걸 알고 있었지만 민진서는 민진서였다. 그녀의 재능을 알아보고 방송에 사용할 사람들은 그대로 있었다. 말하자면 쓰지 않은 백지수표였다. 민진서가 안타깝다는 생각도 있었지만, 무엇보다 그녀가 가져다 줄 이익, 가능성에 무게를 둔 판단이었다.

"잠시 화장실 좀 다녀오겠네."

원진문 회장이 잠시 자리를 비웠다. 생각해 보겠다는 의미였다.

강윤과 둘만 남은 이현지 사장이 잔을 들었다. 강윤은 그녀와 잔을 부딪치고 가볍게 입가에 가져갔다.

"항상 느끼지만, 강윤 씨는 재미있는 이야기를 하는군요."

"그렇습니까? 하지만 가능성이 있는 이야기입니다."

"어느 정도죠?"

"80% 이상입니다."

"마음에 안 드는군요."

매우 높은 확률을 말했지만, 이현지 사장은 마음에 안 든다며 고개를 흔들었다. 그녀는 술기운이 올라왔는지 가볍게 미소를 띠며 강윤에게 말했다.

"조금만 더 써보세요. 진짜 강윤 팀장이 생각하는 가능성은 어느 정도죠?"

이미 네 생각을 알고 있다고 말하는 듯한 이현지 사장이 눈빛을 보낼 때 원진문 회장이 들어왔다. 얼굴이 빨개져 있는 게 술기운이 돌고 있었다.

"좋아, 강윤이. 내 허락하지."

"회장님, 더 들어보심이……."

"현지 양, 괜찮아, 괜찮아. 강윤이가 한대잖아. 그렇지?"

"많이 취하셨습니다."

"노노."

원진문 회장은 고개를 설레설레 흔들었다. 술기운이 많이 돌긴 했지만, 아직 몸을 못 가눌 정도는 아니었다. 그는 웃으며 강윤에게로 다가갔다.

"이번에도 뭔가를 보여주려 그러는 거겠지? 기대해도 되겠나?"

강윤의 어깨에 팔을 걸치며 원진문 회장은 잔을 들었다. 강윤도 자연스럽게 잔을 부딪쳤다. 그러자 원진문 회장이 낮게 말했다.

"자네가 하는 말 들어주겠네."

"감사합니다."

"단."

원진문 회장은 강윤의 말을 끊었다.

"난 기대치가 있어. 기억해야 해."

"알겠습니다."

원진문 회장은 팔을 풀고 다시 제자리로 돌아갔다. 그리곤 언제 그랬냐는 듯, 허허하며 웃었다.

강윤이 뭔가를 보여주려 이런 부탁을 하는 것이다.

원진문 회장은 그렇게 생각하고 있었다.

'오늘이 마지막 날이구나.'

민진서는 힘없는 발걸음으로 연습실로 향했다. 강윤과 약속한 마지막 날이 오늘이었다. 관심 없는 노래 연습을 견디는 것도 오늘이 마지막이라는 생각이 드니 약간은 섭섭하다는 생각도 들었다.

몸을 풀고 준비를 하는데 트레이너 선생님이 들어왔다. 그런데 출석을 부르기 전이었다.

"민진서."

"네."

"지금 바로 5층 기획팀장실로 가봐."

그 순간 연습생들이 수군거렸다. 연습생들이 부러움과 시기, 다양한 감정이 섞인 눈빛을 민진서에게 쏘아 보냈다.

5층의 기획팀장은 여러모로 유명한 사람이었다. 이번 시즌스라는 무명 가수를 실시간 검색어 1위까지 올라가게 한 주인공도 바로 그 사람이라 하니 연습생들 사이에서는 그의 눈에 들려고 연습에 더 열을 올리고 있었다.

민진서가 5층 기획팀장실에 들어가자 강윤이 그녀를 기다리고 있었다.

"어서 와."

"안녕하세요."

간단하게 인사를 하고 강윤이 내온 차를 마시며 본격적인 이야기가 시작되었다.

"아무래도 내가 직접 이야기를 해주는 게 나을 것 같아서 직접 오라고 했어."

"무슨 일 있나요?"

"오늘부터 진서 너는 가수 준비반에서 연기 대비반으로 옮길 거야."

"네?!"

민진서는 먹던 차에 혀를 데고 말았다. 강윤의 입에서 엄청난 폭탄 발언이 터져 나와 버린 탓이다. 게다가 연기 준비반도 아니고 연기 대비반이라니! 너무 놀라 가슴이 떨려왔다.

"여…… 연기 대비반이요?"

"맞아. 대비반. 곧 데뷔할 거니까 각오 단단히 해야 할 거야."

"네?! 선생님. 저 아직 연기도 잘 못하는데 벌써 데뷔라 하시면……."

너무 얼떨떨했다. 민진서는 아직 준비가 덜 되었다 생각했다. 아직 입에 담기도 힘든 말이 데뷔였는데……. 꿈인지 생시인지 구별이 안 갔다.

그러나 강윤은 그녀를 상기시켰다.

"말했잖아. 내가 일주일만 기다려 달라고. 너는 일주일을 기다렸고 나는 네 기대를 충족시켰어. 이제 됐나?"

"선생님……."

기대, 그 이상을 아득히 초월했다. 단지 몇 번 얼굴을 마주하고 연기 이야기와 꿈을 이야기했을 뿐인데 그 누구보다 자신을 잘 알아주었다.

민진서는 이제 강윤이 하는 말이면 무슨 말이든 다 들을 각오가 섰다.

"원래는 가계약을 하는데 그러기엔 데뷔까지가 얼마 남지 않았어. 그러니까 가계약은 건너뛰고 후에 정식 계약을 하자. 너한테도 손해니까."

"선생님이 다 알아서 해주세요."

민진서에게서 강윤이 하는 말이면 무엇이든 믿겠다는 말이 나와 버렸다. 데뷔라는 말은 아직 얼떨떨했다. 민진서는 가슴이 떨리고 있었다.

강윤은 그걸 아는지 모르는지 계속 용건을 이야기했다.

"오늘은 나하고 같이 연기 대비반 연습에 대해 오리엔테이

션을 할 거야. 연기 대비반이라 해봐야 진서 너 혼자니까 외로울지 모르겠다. 기존하고 크게 달라지진 않을 거지만 연습량은 많이 늘 거야. 필요한 거 있으면 다 말해. 연기 선생님이나 다른 필요한 거 다 지원해 줄게."

"……네. 감사합니다."

민진서의 큰 눈가에 눈물이 고였다. 그녀는 회사에 남아 연기를 할 수 있다는 기쁨과 동시에 데뷔까지 이룰 수 있게 된 사실이 지금도 믿기지 않았다. 앞으로 무슨 연기를 하게 되든 열심히 하겠다는 각오로 그녀는 강윤이 하는 말들을 하나하나 담아갔다.

♪♩♪♩♩♪♩♪

민진서와 이야기를 끝내고 강윤은 바로 4층 회의실로 향했다. 오늘은 걸그룹 프로젝트 회의가 있는 날이었다. 그동안의 데이터들을 정리하여 오늘 나올 만한 안건들을 생각한 강윤은 앞으로의 계획에 대한 고민을 해보았다.

회의는 평상시와 크게 다르지 않았다.

데이터들이 이런데 앞으로 이런 식으로 갔으면 한다는 이야기부터 예산 이야기, 에피소드 등 여러 이야기가 나왔다. 강윤은 직원들이 활발하게 이야기할 수 있도록 끼어들지 않았다. 회의실에서 그는 말을 되도록 아끼고 직원들이 말을 많이 할 수 있도록 유도했다.

나온 안건들이 거의 정리되어 회의가 끝날 즈음이었다. 강윤이 지나가는 말로 직원들에게 물었다.

"정민아와 이삼순 사이는 괜찮아졌습니까?"

"……."

활발하던 직원들 사이에 말이 사라졌다. 정민아, 이삼순은 강윤이 많이 신경 쓰는 멤버였다. 성향이 완전히 다른 멤버를 붙여놓았기에 더더욱 신경을 많이 쓸 수밖에 없었다. 그런데 모두가 침묵하니 강윤의 표정이 싸해졌다.

"한주연과 에일리 정은 어떻습니까?"

"둘은 문제없습니다. 친하게 잘 지내고 있습니다."

다행히 두 사람은 문제가 없다 했다. 싸해졌던 강윤의 눈도 원래대로 돌아왔다. 교우관계는 강윤이 매우 민감하게 보는 부분이었다. 모두가 긴장할 만했다.

"서한유나 크리스티 안은 크게 문제가 없는 걸로 압니다. 결국 정민아와 이삼순이 문제군요. 그나마 크게 문제를 일으키지 않았다는 게 다행이라면 다행이군요."

"팀장님."

"매니저 팀장님, 말씀해 보십시오."

한태형 매니저 팀장이 강윤의 눈치를 보며 조심스럽게 말했다. 그는 걸그룹 프로젝트에서 멤버들을 직접 관리하는 매니저들을 총괄하는 책임자였다.

"이삼순과 정민아의 경우 물과 기름이라고 표현해도 될 정도로 상성이 좋지 않습니다. 세련된 걸 좋아하는 정민아와 달리 이삼순은 털털하고 패션보다 실용적인 걸 많이 선호해서 한 방을 쓰는 데 여러 가지 문제가 있는 것으로 압니다."

"……."

"팀장님, 룸메이트를 바꿔주시는 게 어떻겠습니까? 팀장님 말씀에 저도 십분 공감합니다만 정민아의 고집이 만만치 않습니다. 이삼순이야 팀장님 말씀이면 껌뻑 죽지만 정민아는 성향이 그렇지 않습니다. 어르고 달래야……."

강윤은 고개를 절레절레 흔들었다.

"지금 하지 않는다면 나중에는 기회가 영영 사라집니다. 이삼순이나 정민아나 팀 내에서 중추 역할을 할 아이들입니다. 서로 맞추는 훈련은 물론, 배워야 할 점도 많이 있습니다. 지금 우리가 저 아이들 기에 눌려 버리면 영영 기회가 사라집니다. 승인할 수 없습니다."

강윤의 말에는 설득력이 있었다. 매니저들도 강윤의 말의 의미를 잘 알았다. MG엔터테인먼트 그룹 가수들은 특히나 기가 셌다. 서로 양보를 하지 않아 멤버들 간의 불화도 잦았다. 강윤은 이걸 사전에 방지하고 싶었다.

모두가 수긍했는지 기록하며 고개를 끄덕였다.

"1달 뒤에 봉사 활동을 가기로 했나요?"

"그렇습니다, 팀장님."

기획팀 정석호 대리가 말했다. 그는 오늘 출장을 간 과장 대신 참석했다.

"그걸 2주 앞당깁시다."

뒤이어 나온 강윤의 말에 모두의 눈이 휘둥그레졌다.

쉬는 시간.

연습에 열을 올리던 6명의 소녀는 온몸에 김을 뿜으며 누워 있었다. 격렬했던 연습에 이미 온몸에는 힘이 쭈욱 빠져 뭐 하나 들 힘도 없었다.

그런데 갑자기 문이 열리며 강윤이 들어왔다. 최근에 공연이다 뭐다 정신없어 얼굴 보기 힘든 강윤의 등장에 소녀들 모두가 정신없이 일어나 자리에 섰다.

"편하게 누워 있어도 돼."

강윤의 말에 소녀들은 긴장하며 자리에 앉았다. 강윤은 주위를 환기시키며 본론을 이야기했다.

"2주 뒤, 강원도 원주로 봉사 활동을 갈 거야."

"네?! 봉사 활동이요?"

모두가 한목소리로 연습실이 떠나가라 외쳤다. 이게 무슨 난데없는 말인지. 그러거나 말거나 강윤은 태연했다.

"이때 1차 종합 평가를 할 거니까 기대하고 있어. 자세한 건 이걸 보면 돼. 질문은 트레이너 선생님들한테 물어보고."

강윤은 두꺼운 서류 봉투를 주고는 바로 밖으로 나가 버렸다. 강윤이 간 이후 연습실은 난리가 났다.

"이거 뭐야? 보육원? 자선 공연? 지금부터 준비하라는 거야?"

내용을 읽은 정민아는 당황했는지 허둥댔다. 2주는 무척 짧은 시간이다. 게다가 강윤은 아무것도 말해주지 않았다. 말도 안 되는 이야기였다.

"민아야, 진정해. 일단……."

"삼순이 넌 가만히 있어. 이건 아냐. 따져야겠어."

이삼순이 정민아를 제지했지만, 정민아는 못 참겠는지 자리에서 벌떡 일어나 강윤을 쫓아가려 했다. 그러나 이삼순이 그녀의 손을 꽉 잡았다.

"참아라. 팀장님이 하라면 해야 해. 팀장님 말은 무조건 옳아."

"아, 진짜…… 비켜봐."

"정민아, 삼순이 말이 맞아."

정민아가 이삼순을 밀치려 할 때 한주연이 끼어들었다.

"넌 빠져."

"우리 문젠데 왜 빠져. 정민아, 가만히 있어."

"아, 진짜!"

결국 정민아는 화를 참지 못하고 폭발하고 말았다. 그러나 모두가 '그러지 마'라는 눈빛을 보내자 포기했는지 자리에 주저앉고 말았다. 불같은 성격은 이래저래 문제였다.

한주연이 정민아 옆에서 달랬고 정민아는 심호흡하며 열을 내렸다. 씩씩대며 진정을 하니 그제야 콘티에 눈이 들어왔다.

"그런데 공연 시간이 50분이야?"

"설마."

에일리 정의 물음에 크리스티 안이 답했다. 연습생에게 50분 공연이라면 만만한 게 아니었다. 그래도 콘티가 적힌 서류가 있었다. 모두가 모여들어 콘티에 눈을 모았다.

"곡은 어렵지 않네."

"춤은 어려울 것 같다……."

에일리 정과 한주연이 목록을 보며 각자 다른 말을 했다. 노래는 무난했다. 연습 때 많이 불렀던 외국곡 1개와 듀엣곡 2개였다. 그러나 댄스곡이 문제였다. 전설적인 외국 가수의 교과서 적인 춤이 들어간 노래를 공연하라는 목록이 있었다.

"하, 하하……."

정민아는 에일리 정을 보며 허탈하게 웃었다. 다른 소녀들도 별반 다른 심정이 아니었는지 깊은 한숨을 내쉬었다.

'저 느림보를 데리고 뭘 하라고?'

그걸 아는지 모르는지 에일리 정은 고개를 갸웃할 뿐이었다.

4화
은빛의 각성

최근에 여러 일이 겹쳤지만, 강윤은 걸그룹 프로젝트에 많은 정성을 기울이고 있었다. 특히 소녀들의 팀워크에 많은 투자를 했다. 일부러 상성이 맞지 않는 소녀들로 룸메이트를 짠 후 경과를 수시로 보고받았으며 모두가 함께하는 연습을 많이 편성하는 등의 노력을 기울였다. 특히 팀워크에 대한 많은 데이터를 분석하며 더 팀워크를 끌어올리려 했다.

　그러나 그런 결과에도 최근 결과를 보니 강윤은 고개가 절로 떨궈졌다.

　"이런 강수를 써야 한다니……."

　강윤은 '원주 봉사 활동'이라는 제목의 서류들을 보며 이마를 좁혔다. 원래 이 봉사 활동은 평가용 공연이 아니었다. 원래 의도는 모두가 공연을 즐기며 사람들의 시선에 익숙해지는 것이 목적이었다. 그러나 팀워크 부족이 목적을 바꿔 버렸다.

강윤이 일에 열중하고 있을 때 노크 소리와 함께 누군가가 들어왔다. 늘씬한 키가 돋보이는 민진서였다.

"어서 와."

"안녕하세요."

민진서는 이제 강윤에게 긴장보다 호감을 보였다. 은인이자 버팀목을 보는 그녀의 눈은 부드러움이 한껏 깃들어 있었다.

"무슨 일로 부르셨어요?"

"줄 게 있어서. 내가 내려갈 시간이 없어서. 연습하는 데 방해했나?"

"아니에요. 바쁘시잖아요."

민진서는 강윤의 책상 위에 널려 있는 일의 흔적을 보며 혀를 내둘렀다. 저번에도 그렇고 이번에도 그의 책상은 언제나 서류로 넘쳐 났다. 정말 바쁘게 사는 남자였다.

강윤은 쌓여 있는 서류의 맨 위에 있는 것을 민진서에게 내밀었다. 대본이었다.

"일인극? 노래도 있네요?"

"연습용으로 많이 활용하는 일인극이야. 2주 뒤에 자선 공연이 있는데, 할 수 있겠어?"

"어디에서요?"

공연이라는 말에도 민진서는 긴장보다 설렘이 가득했다. 그 표정을 보며 강윤은 바로 알 수 있었다.

'얜 천상 배우구나.'

강윤은 자신의 선택이 틀리지 않았다는 걸 이런 것들을 보고 확신할 수 있었다. 그는 대본을 천천히 읽는 그녀에게 공연에 관해 이야기했다.

"2주 뒤에 차기 걸그룹이 원주로 봉사 활동을 가. 그때 자선 공연을 하는데, 거기서 네가 일인극을 해줬으면 좋겠어."

"그럼 저도 같이 가는 건가요?"

"그렇지. 2박 3일 동안 쉰다 생각하고 가면 돼. 곧 데뷔니까 연습 무대라 생각하면 돼."

"알겠습니다."

"자세한 일정은 매니저 통해서 알려줄게."

"네."

민진서가 사무실에서 나가고 강윤은 다시 일을 시작했다.

빠르게 책상 위에 쌓인 일거리가 줄어갔지만, 시간도 그만큼 빨리 갔다.

일들이 모두 사라질 즈음, 달이 중천에 올라 있었다.

"하아……."

퇴근을 위해 겉옷을 걸치며 강윤은 기나긴 한숨을 내쉬었다. 일에 지친 한숨이었다. 로비로 나섰을 땐 이미 모두 퇴근하고 아무도 없었다.

집에 도착하니 희윤이 대문을 열고 반겨주었다.

"다녀오셨어요, 오라버니."

"네, 다녀오셨습니다."

"꺅."

강윤은 희윤을 보자마자 꼬옥 끌어안았다. 희윤이 살짝 놀라 소리를 냈지만, 강윤은 개의치 않았다. 희윤의 따스함에 피로가 녹아내리는 것 같았다. 희윤도 강윤의 등을 다독이며 맞아주었다.

"오늘도 고생했어, 오빠."

"하루 수고했어. 투석은 잘 받고 왔어?"

"당연히."

강윤의 옷을 받아 옷걸이에 걸어준 희윤은 마치 부인 같았다. 강윤은 희윤에게 그러지 않아도 된다 했지만, 희윤은 자기가 좋아서 하는 거라며 강윤을 거실로 밀어 넣었다.

샤워를 끝내고 강윤은 거실에 나와 바로 누웠다. 집에 와서 누우니 온몸이 나긋나긋해지는 기분이었다. 그 곁에 희윤이 앉았다.

"희윤아, 오빠 다다음주에 3일 정도 집에 없을 거야."

"에? 어디 가?"

"원주. 혼자 있을 수 있지?"

"원주까지? 회사 일로 가는 거야?"

"오빠 걸그룹 프로젝트 하잖아. 그거 때문에."

"알았어. 내가 어린앤가. 걱정 말고 다녀와."

강윤은 희윤이 항상 걱정이었다. 물론 희윤이 혼자 못 있는 어린이는 절대 아니었다. 그러나 만약 그녀에게 무슨 일이라도 생길까 걱정이 앞섰다.

"난 알아서 잘하니까 걱정 말고 잘 다녀오세요, 오라버니."

희윤은 그런 강윤의 심정을 잘 알았다. 그래서 항상 강윤에게 미안했다. 자신이 그에게 걸림돌이 되고 있다는 걸 잘 알았으니까. 큰 능력이 있는 오빠인데 자기 때문에 더 높은 곳으로 날아오르지 못하는 것 같아 언제나 미안했다.

"자야겠어. 희윤이도 잘 자."

피곤했던 강윤은 이내 자신의 방으로 들어가 잠을 청했다. 그러나 희윤은 그리 졸리지 않았다.

"오늘은 별로 재미없네."

오늘따라 TV도 재미없었다. 희윤은 방으로 들어가 책을 폈다. 교과서라도 보면 잠이 올까 하는 생각에서였다.

그런데 밤중에 희윤의 휴대전화가 요란하게 울려댔다.

"여보세요?"

-희윤아, 나야!

희윤에게 전화한 이는 주아였다. 밤중이었지만 주변이 다 떠나가라는 듯, 주아의 목소리는 무척 컸다.

"무슨 일 있어?

-내가 너무 늦게 전화한 거 아니지? 나 이제 끝나서 전화한 건데.

"늦게 했지. 암암."

-윽…….

희윤과 주아는 이미 많이 친해졌는지 거리낌이 없었다. 이내 둘은 시시덕거리기 시작했고 전화기는 수다 도구가 되어 갔다.

한참을 통화하다 희윤이 물었다.

"주아야, 너희 회사에서 봉사 활동도 가?"

-봉사 활동? 가지. 가서 공연도 하고 기부도 하면서 '우린 이런 활동도 해요'라고 홍보도 하지. 왜?

"오빠가 이번에 원주로 봉사 활동을 간다고 해서. 궁금해서 물어본 거야."

-호오, 그래? 원주라고?

주아는 호기심이 당기는지 다시 물었다.

-봉사 활동이면 누구랑 가는지 들었어?

"아니. 그냥 차기 걸그룹 때문에 간대."

-그래? 차기 걸그룹이라고? 연습 무대 때문이구나.

"주아도 그런 거 했었어?"

-아니, 난 그럴 시간 없이 데뷔부터 했지. 쳇! 부럽네. 하여간 복 받은 것들이야.

아쉬운 기색을 드러내며 주아는 희윤과 2시간이 넘도록

통화를 했다. 덕분에 희윤은 다음 날 지각 일보 직전에야 학교에 도착할 수 있었다.

♪ ♩♪♩ ♩♫♩♪

2주라는 시간은 훌쩍훌쩍 지나고 어느덧 봉사 활동을 떠나는 날이 되었다.

6명의 소녀는 짐을 잔뜩 싸 들고 약속된 시간보다 조금 더 전에 여유 있게 나왔다. 모두가 여행용 캐리어에 메는 가방에 짐이 한가득이었다.

소녀들이 재잘대며 회사 로비에서 기다리고 있을 때, 강윤이 도착했다.

"이쪽으로."

강윤은 소녀들을 자신 쪽으로 불러 세워 봉투를 내밀었다.

"이건 뭔가요?"

정민아가 봉투를 열어보며 물었다. 그런데 봉투를 본 그녀의 눈이 휘둥그레졌다. 봉투 안에는 신사임당께서 세 분이나 자리하고 계셨다. 모두가 놀라고 있을 때 강윤이 말했다.

"너희는 다 같이 버스 타고 여기로 오면 돼. 봉투 안에 주소 있으니까 6시까지 찾아오도록 해. 늦지 않도록 하고."

그리고 강윤은 이내 로비 밖으로 나가 버렸다.

"팀장님, 팀장님!"

정민아가 놀라 그를 따라 나갔지만, 강윤은 준비된 차를 타고 쌩하니 가버렸다.

"뭐야, 우리끼리 버스 타고 오라는 거야?!"

"그런 듯."

정민아는 너무 황당해 속이 부글부글 끓었다. 다혈질은 어쩔 수 없었다. 그 심정에 크리스티 안이 기름을 붓고 있었다.

"……대박."

서한유도 황당했는지 입이 다물어지지 않았다. 아무리 대우 못 받는 연습생이라지만 이런 적은 없었다. 연습생 생활 3년 만에 이런 황당한 일은 처음이었다. 아니, 차비 달랑 주고 원주까지 오라니. 이런 어이없는 경우는 처음이었다.

"흐엥…… 우리 버림받은 거야?"

"괜찮으, 괜찮아. 찾아가면 되지."

황당함이 너무 커 울음을 터뜨리려는 에일리 정을 이삼순이 달래고 있었고.

"헐……."

한주연은 기가 차서 할 말을 잃었다. 그래도 모두의 마음은 지금 똑같았다.

'뭐 저런 인간이 다 있어!'

다만 표현을 하지 못할 뿐이었다.

직접 운전대를 잡은 이현지 사장은 지금 웃음을 참지 못하고 있었다.

"하하하! 하하! 아, 너무 웃겨…… 미안해요, 강윤 팀장. 하하. 애들 표정이 잊히질 않네요. 하하하하!"

아직도 생각하면 웃음이 계속 새어 나왔다. 평소의 포커페이스는 온데간데없이 사라지고 웃음이 계속 나오니 미칠 것 같았다. 근처 차 안에서 강윤과 소녀들을 보고 있던 그녀는 봉투를 받아 들고 기뻐하다 강윤의 말을 듣고 황당한 소녀들의 표정이 아직도 눈앞에 선했다.

그러나 강윤의 얼굴은 심각했다.

'제시간에 찾아올 수 있을까.'

소녀 6명.

서로 의견을 합쳐 찾아오라는 취지로 돈만 쥐어주고 원주로 오라 했지만, 마음은 조마조마했다. 물론 17세, 이제 어른이 되기 시작한 소녀들이 못 할 일도 아니다. 만약을 대비해 매니저 팀의 2명도 몰래 그녀들을 뒤따르게 했다. 하지만 걱정이 되는 건 어쩔 수 없었다.

"하하하하."

"……."

이현지 사장의 웃음 속에서 강윤은 심각한 얼굴로 원주로 향하고 있었다.

강윤의 걱정은 정확히 들어맞았다.

"여기서 끊는 거 맞아?"

"바보냐, 센트럴 터미널로 가야지. 강원도 가는데 왜 남부 터미널로 와. 전라도 가게?"

"동서울로 가야지."

6명의 소녀는 지하철에서 서로의 이야기가 맞다며 난리가 났다. 서울의 터미널은 무려 4개. 그중 원주로 가려면 동서울터미널로 가야 했지만 지금 소녀들은 센트럴터미널이니 남부니 동서울이니 하며 서로 자기가 옳다며 싸우고 있었다.

"언니들, 인터넷 찾아보면 안 될까요?"

보다 못한 서한유가 조심스레 말했지만 이미 오기가 솟은 언니들을 말리긴 힘들었다. 그녀 빼고 모두 열혈한 18세. 이미 각자의 루트를 통해 자기들 말이 옳다며 시간을 열심히 흘리고 있었다.

"내 말을 믿어. 원주 가는 거 동서울이 맞아."

이삼순이 가슴을 치며 그녀로선 드물게 빠르게 이야기했지만, 한주연이 고개를 흔들며 부정했다.

"그건 충청도 가는 터미널이잖아. 센트럴이 맞아. 호남 쪽도 가지만 강원도도 간다고 들었어."

그러자 정민아도 나섰다.

"센트럴에서 강원도를 어떻게 가? 전라도 가는 데는 전라도만 가겠지. 부산만 가는 데는 부산만 가고. 그래도 강남터미널은 제일 큰 곳이니까 괜찮을 거야. 거기로 가자."

크리스티 안도 지지 않으려 입을 열었다.

"난 잘 몰라서 친구들한테 물어봤어. 서울터미널이 있는데. 거기로 가면 갈 수 있다던데?"

결국, 4명의 소녀는 이견을 좁히지 못하고 서로 으르렁거리며 지하철을 맴돌았다. 센트럴파크가 있는 터미널에 내리려다 제지당하고 강남터미널로 향하려니 아니라며 싸움이 났다. 한참 동안 시간만 열심히 흘러가다가 결국 아픈 다리를 주무르던 에일리 정이 빽 소리를 질렀다.

"야! 그냥 다 가봐!"

"⋯⋯."

머리채까지 잡으려는 기세의 소녀들은 결국 에일리 정의 기세에 모두 눌리고 말았다. 사실 그녀들도 지기 싫어서 그랬을 뿐, 이러는 건 시간 낭비라는 걸 알고 있었다.

'인터넷 찾아보는 게 더 빠르지 않나?'

근처 피시방이라도 가서 녹색 집 지식인에게 물어보면 바로 답을 줄 텐데 왜 이 고생을 하는지 모르겠다는 서한유의 생각은 언니들의 빠른 걸음에 금방 날아가고 말았다.

"예? 여기가 아니에요?"

첫 번째 센트럴파크에 온 소녀들은 원주 가는 버스가 없다는 걸 알고 큰 실망을 했다. 그리고 센트럴파크를 강하게 주장한 한주연은 민망했는지 조용히 뒤로 빠져 얼굴을 붉적였다.

"다음은 어디야?"

"강남."

소녀들은 강남시외버스터미널로 이동했다. 지하철로 이동하는 건 10대 체력이 좋은 소녀들에게도 무척 피곤한 일이었다. 게다가 오늘따라 자리도 없었다.

"어? 저기 자리 났다."

지하철을 한참 타고 가는데 멀리서 빈자리 하나가 보였다. 정민아는 잽싸게 달려 자리에 앉았다. 가히 '우Sign 볼Two'에 비할 만한 스피드였다.

"쳇."

기회를 놓친 5명의 소녀 모두가 아쉬움을 진하게 드러내며 정민아에게로 갔다. 오랜만에 자리에 앉은 정민아가 매우 부러웠다. 그런데…….

"에일리, 다리 많이 아파?"

"웅……."

평소에 애교 넘치는 그녀답게 대답도 앵 돌았다.

정민아는 잠시 고민하다 그녀에게 자리를 넘겨주었다.

"오올. 착한데?"

한주연이 놀랐는지 어깨를 으쓱했다. 그러나 정민아는 시크했다.

"나중에 음료수 사."

"고마워."

별거 아니라는 듯 나오는 정민아였지만 에일리 정은 힘들게 앉은 자리를 내주는 그녀가 고마웠다.

강남시외버스터미널에 도착한 소녀들은 빠르게 달려가 원주로 가는 버스가 있는지 물었다. 그러나…….

"네? 없다고요?"

직원의 부정어에 오자마자 달렸던 한주연은 어깨가 추욱 처졌다. 직원은 없다고 말만 하곤 이내 다음 손님을 맞았다. 오늘따라 줄도 길어 더 물어볼 여유도 없었다.

자리 양보로 점수를 땄던 정민아였지만 이내 그 점수는 확 날아가 버렸다.

"미안……."

얼굴이 빨개진 그녀를 뒤로하고 소녀들은 대책을 논의하기 시작했다. 아니, 대책이랄 것도 없었다. 서한유가 터미널 한편에 놓인 컴퓨터로 달려가디니 인터넷 검색으로 터미널을 찾아버렸다.

"동서울이에요."

"삼순이 말이 맞네?"

에일리가 아무렇지도 않게 말했지만 다른 동갑내기 소녀들은 고개를 푹 숙여야 했다. 결국, 시간과 체력만 낭비한 꼴이었다.

그런데 그때. 정민아의 휴대전화가 요란하게 울려댔다.

"여보세요?"

─민아니? 나 이강윤이야.

"엑? 아저씨?!"

─엑이라니.

강윤에게 전화를 받자 정민아는 너무 놀라 소리를 질렀다. 아니, 그의 전화인 걸 알고는 소녀들 모두가 당황했다. 그걸 아는지 모르는지 강윤은 용건을 이야기하기 시작했다.

─지금 어디쯤이야?

"그, 그게. 이제 버스 타러 터미널로 가요.

─이제? 뭐 하다가?

"그게…… 터미널은 처음 가봐서요. 최대한 빨리 갈게요."

─알았어. 무슨 일 있으면 이 번호로 연락하고.

"네, 빨리 가겠습니다."

정민아는 얼른 강윤과의 통화를 마쳤다. 더 통화하면 실수할 것 같았다.

"팀장님이 뭐래?"

한주연이 궁금했는지 다가와 물었다. 정민아는 한숨을 쉬며 답했다.

"잘 오고 있냐고."

"다른 말은 없었어?"

크리스티 안도 걱정되었는지 물었다.

"빨리 오라고. 무슨 일 있으면 전화하래."

"팀장님이 서두르라고 한 거네요. 빨리 가요."

정민아의 말에 서한유가 보채기 시작했다. 그러나 정민아가 고개를 끄덕였다.

"그러자. 동서울로 고고."

"불안한데……."

이번에도 실수할까 이삼순이 걱정했지만, 정민아는 괜찮다는 듯 모두를 안심시켰다.

6명의 소녀는 그렇게 동서울터미널로 출발했다.

강원도 원주의 어느 산에 있는 천사의 집.

3일 동안 MG엔터테인먼트 연습생들과 직원들이 머물며 봉사 활동을 하게 되는 곳이었다.

강윤과 이현지 사장, 그리고 직원들은 다른 연습생들보다 먼저 도착해 천사의 집 아이들과 원장을 비롯해 다른 사람들과 인사를 나누었다. 이어 방 안내를 받은 그들은 봉사 활동 등 이후 해야 할 일들을 준비하며 시간을 보내고 있었다.

이현지 사장과 직원들은 천사의 집 아이들과 마을 사람들에게로 가 봉사 활동을 하고 강윤은 천사의 집에 남아 장비들을 점검했다. 봉사 활동이지만 그가 이곳에 온 목적은 육성에 있었다. 장비와 공연내용들을 다시 한 번 보며 머릿속에 어떻게 공연을 해야 할지 그려 보았다.

날이 어두워지기 시작하고 저녁이 되었다. 첫날 저녁이라 바비큐 파티를 하자며 마을 사람들과 천사의 집 사람들 모두가 천사의 집 운동장에 모였다. 곧 고기 굽는 연기와 시끌시끌한 소리가 퍼지며 파티가 시작되었다.

그러나 강윤은 그곳에 있지 않았다.

'너무 늦는데?'

강윤은 천사의 집 입구에 있었다. 홀로 아직 도착하지 않은 소녀들을 기다리고 있었다. 걱정되었지만 정민이나 다른 소녀들에게 전화는 하지 않았다. 소녀들 모르게 뒤에서 따르고 있는 직원들에게서 이미 헤매고는 있지만 잘 오고 있다고 보고를 받았기 때문이었다.

"식사 안 해요?"

홀로 소녀들을 기다리고 있는 강윤에게 고기 냄새를 풍기며 이현지 사장이 다가왔다.

"애들 오면 같이 먹겠습니다."

"애들 많이 챙기네요. 아직 가수가 된 것도 아닌데."

"제 아이들이잖습니까. 챙겨야죠."

이현지 사장의 말도 무리는 아니었다. MG엔터테인먼트 뿐만 아니라 다른 소속사에서도 연습생들은 소모품이라 해도 과언이 아니었다. 하나의 가수를 만들기 위한 수많은 선택 목록. 그게 연습생의 숨은 정의였으니까. 가수에게 소고기 10인분을 먹일 때 연습생에게 돼지고기 2인분을 먹인다는 우스갯소리도 있었다.

"확실히 강윤 씨는 아주 특이하네요. 다른 기획팀장들하고는 많이 달라."

"어떻게 다릅니까?"

이현지 사장은 대화가 길어질까 봐 강윤 옆에 걸터앉았다.

"감이야 이전에 말했으니 말할 것도 없고. 요즘에 느끼는 건 가수나 연습생을 대하는 태도예요. 원래 가수와 연습생은 대우가 다르죠. 가수에게 10을 준다면 연습생은 0.1을 주는 게 당연한 거예요. 그래야 투자 비용도 줄이고 연습생은 기를 쓰고 가수가 될 테니까. 이건 이미 관행처럼 된 지 오래예요. 그런데 강윤 씨는 연습생에게 많이 줘요. 한…… 3?"

"확신이 있으면 더 잘할 테니까요."

"그게 차이예요."

이현지 사장은 손바닥을 쳤다.

"이 아이가 확실히 뜨는 게 아니라면 그 투자는 회사에 엄청난 마이너스로 남게 되죠. 그럼 나중에 다른 연예인이 그 마이너스를 메꿔야 한단 말이죠. 어찌 보면 강윤 씨의 행동은 회사엔 마이너스예요. 그런데 지금 강윤 씨의 행동에 회사는 아무도 말을 못 해요. 왜냐? 지금 마이너스를 낸다 해도 강윤 씨가 낸 플러스가 너무 커서 할 말이 없으니까. 하하하. 난 그게 재미있어요. 지금 이사회에서 강윤 씨 트집 잡으려고 얼마나 난리인 줄 알아요?"

"남의 나라 이야기죠."

회사 정치 이야기에 강윤은 그다지 관심이 없었다. 강윤이 회사 정치 등에 관심이 있으면 그걸로 꼬셔보겠건만, 그마저도 없으니 이사들도 머리가 아팠다.

"그래서 강윤 씨가 다른 거예요. 다른 기획팀장들은 어떻게든 이사들 눈에 들어서 예산을 타려고 꼬리를 흔드는데, 그런 게 없잖아요? 지독하게 하나만 보죠. 이 사람이 성공할지, 못 할지. 이번 민진서 이야기는 결과가 어떻게 될지 모르지만, 지금까지의 강윤 씨라면 기대해 볼 만해요. 아무튼 난 강윤 씨가 마음에 들어요."

"감사합니다."

"앞으로도 주욱 같이 일했으면 좋겠군요."

이현지 사장은 강윤의 어깨를 툭 치고는 자리에서 일어났다. 그리곤 입구 앞에 천천히 들어오고 있는 2대의 택시를 가리켰다. 소녀들이 택시에서 내리고 있었다.

이현지 사장이 들어가고 강윤은 조용히 소녀들이 올라오기를 기다렸다. 택시에서 내리자마자 소녀들은 강윤을 발견하곤 헐레벌떡 그의 앞으로 달려왔다.

"……."

"……."

침묵이 흘렀다. 강윤도 소녀들도 말이 없었다.

이미 시간은 약속 시각인 6시를 지나 9시가 되어 있었다. 강윤이 얼마나 시간에 철저한지는 이미 모두가 알고 있는 사실이다. 소녀들은 얼마나 혼날지를 걱정하며 고개를 푸욱 숙이고 있었다.

"밥은?"

"……네?"

"밥은 먹었어?"

그런데 매우 얼떨떨한 질문이 들어왔다. 모두가 서로를 보며 멍하니 있는데 갑자기…….

꼬르르르르르륵.

"아…….."

에일리 정에게서 무지무지 큰 소리가 났다. 에일리 정은 부끄러워 얼굴이 새빨개졌고 다른 소녀들은 웃지도 울지도 못하는 상황이 되어버렸다. 긴장만이 흐르는 상황 속에 강윤은 툭 내뱉었다.

"배고프겠다. 밥 먹자."

"네?"

"짐 내려놓고 운동장으로 와. 방은…….."

강윤은 소녀들에게 호실을 이야기해 주곤 바로 운동장으로 향했다.

강윤이 총총히 사라지자 크게 혼날 각오를 했던 소녀들은 이게 무슨 상황인지 몰라 서로 얼굴만 멍하니 바라봤다.

"뭐지? 운동장에서 기합이냐, 우리?"

"아, 디질랜드……."

정민아와 이삼순이 한숨을 푹 쉬며 한마디씩 했고 소녀들은 빠르게 짐을 놓고 운동장으로 향했다. 기합을 조금이라도 편하게 받기 위해 트레이닝복으로 갈아입었다.

그런데…….

"이쪽으로 와. 밥 먹어."

소녀들 눈앞에 펼쳐진 광경은 생각했던 것과는 완전히 달랐다.

"저게 뭐여?"

눈앞에 펼쳐진 광경을 보고 이삼순은 너무 당황하여 눈이 튀어나올 것 같았다. 서한유도 마찬가지였다.

고기, 그녀들의 눈앞에는 어마어마한 규모의 고기가 쌓여 있었다. 눈을 비비고 다시 봐도, 산처럼 쌓여 있는 고기는 진짜였다. 한술 더 떠 치이익 하는 소리와 함께 고기를 굽고 있는 이가 강윤이었다.

"뭐 해? 안 먹을 거야?"

"아니요!"

그러나 강윤이 소리치자 소녀들은 지금 이 광경이 현실이라는 것을 깨달았다. 앞치마를 매고 집게를 든 강윤이 맛깔나는 소고기를 구워 소녀들에게 나눠주고 있는 비현실이, 실은 현실이라는 것을 말이다.

"잘 먹겠습니다."

그러나 시장이 반찬이랬던가. 강윤 앞에서의 긴장감은 식욕 앞에 순식간에 무너져 내렸다. 그리고 고기 폭식이 시작되었다. 소녀들 모두 낮부터 제대로 식사를 하지 못해 배가 너무 고팠다. 밥 먹으면서 들을 것 같은 잔소리도 지금은 다 용서가 될 것 같았다.

그러나 강윤은 소녀들의 생각과 달리 말없이 고기를 구워 소녀들에게 가져다주었다.

'녹는다, 녹아!'

'이게 고기냐, 솜사탕이냐?'

'흑흑…… 너무 마이쪙.'

최고의 고기였다. 오늘 하루의 고생이 이 고기 한 방으로 녹아내리는 기분이었다.

소녀들이 먹는 고기들은 눈이 녹듯 사라져 갔다.

"언니들, 더 드세요."

언제 나타났는지 민진서도 소녀들에게 고기를 날라주었다. 덕분에 강윤은 고기를 굽는 것에만 집중할 수 있었다. 민진서는 고기뿐만 아니라 음료수나 김치 등도 가져다주었고 덕분에 강윤의 일은 많이 줄어들었다.

"들어가 쉬지 왜 나왔어?"

"선생님 일하시는데 어떻게 쉬어요."

"고마워."

강윤과 민진서는 고기를 구우며 화기애애한 대화를 나누었다.

'저게⋯⋯.'

고기에 집중하던 정민아의 눈에 강윤과 민진서가 즐겁게 대화를 나누는 모습이 담겼다. 그 모습이 이상하게 보기 싫었다.

"언니, 무슨 일 있어요? 얼굴도 찡그리고⋯⋯."

"에이, 내가 찡그렸다고? 설마."

서한유가 물었지만, 정민아는 부정하며 얼버무렸다. 그러나 그녀는 슬쩍슬쩍 강윤 쪽을 바라보며 조금씩 얼굴을 구기고 있었다. 고기를 씹는 건지 고무를 씹는 건지 맛도 이미 느껴지지 않고 있었다.

식사가 끝나고 강윤은 말없이 고무장갑을 꼈다. 그러자 기겁한 건 소녀들이었다.

"팀장님, 팀장님! 그러지 마세유! 지가 할게유!"

강윤이 설거지통에 손을 담그려는데 이삼순이 가장 먼저 나섰다. 다른 소녀들도 마찬가지였다. 늦은 연습생에게 고기까지 구워준 팀장님에게 설거지까지 맡기는 건 말도 안 되는 일이었다. 강윤은 괜찮다며 고개를 저었지만 결국 소녀들 등쌀에 고무장갑을 빼앗기고 말았다.

"괜찮은데."

"제가 안 괜찮습니다. 고마우니깐 이제 쉬세요."

앞뒤가 안 맞는 말을 하며 정민아는 강윤의 등을 떠밀었다. 그의 등을 잡을 때 은근히 가슴이 뛰었지만, 표현은 마음과 딴판이었다. 10대 소녀의 감성은 이런 것이었다.

늦은 도착에도 질책보다 환대해 준 강윤에게 고마운 마음을 담고 설거지를 할 때였다. 강윤은 지나가는 말로 툭, 내뱉었다.

"내일 공연, 잘해보자."

"네!"

고기를 먹은 덕분일까, 운동장은 소녀들의 우렁찬 소리가 힘차게 울려갔다.

다음 날.

천사의 집의 빈 공터에서…….

"다시 한 번 맞춰보자."

한주연은 모두를 독려해 다시 한 번 대열을 맞췄다.

저녁 공연까지 남은 시간 3시간. 그러나 단체 댄스곡이 생각만큼 잘 맞지 않았다.

"에일리, 계속 반 박자씩 늦잖아. 나 잘 따라와."

"응."

정민아는 에일리 정을 계속 다그쳤다. 하지만 유연하고 빠른 정민아와는 달리 에일리 정은 빠르지 못했다. 유연함은 어찌어찌 됐지만, 에일리는 둔했다. 정민아는 속이 터졌지만 참고 누르며 계속 에일리가 어떻게든 따라오게 하려고 노력했다.

단체 댄스곡은 소녀들에게 쉽지 않은 과제였다. 난이도가 문제가 아니었다. 서로가 서로에게 맞추는 것, 그게 가장 큰 숙제였다. 그러나 조금씩의 오차가 있었다. 계속 단체 연습을 해왔지만, 서로의 박자 차이는 심했다.

"아……. 다시."

"응."

정민아와 에일리 정은 빠름과 느림의 미학을 제대로 보여주며 계속 파도를 타고 있었다.

'회색이 잔치하네.'

몰래 소녀들의 연습을 지켜보던 강윤은 소녀들에게서 나오는 회색의 빛잔치를 보며 기나긴 한숨을 내쉬었다. 소녀들이 춤을 출 때 그녀들에게서 나오는 회색은 강윤의 눈을 절로 찌푸리게 했다.

소녀들이 다시 맞춰본다고 연습을 계속해도 회색은 여전했다.

강윤은 색깔만 보는 오류를 피하려 소녀들의 춤에도 집중했지만, 박자 차이와 동작 차이 등등 문제가 곳곳에서 보이니 뭐라 할 말이 없었다.

'예상한 문제야.'

그래도 강윤은 당장 '이렇게 하면 안 된다'는 등의 질책을 하진 않았다.

지금 당장 질책하는 건 쉬웠다. 그러나 강윤은 더 많은 걸 생각하고 있었다. 소녀들이 현재를 제대로 느끼는 것 말이다.

강윤은 소녀들이 있는 곳에서 이번에는 작은 방을 빌려 홀로 연습하는 민진서에게로 향했다. 강윤은 조용히 민진서가 있는 방문을 열었다.

"아, 내 마음 찰 때까지 키스를 하고 싶어라. 그의 키스를 받으며 사라진다 할지라도!"

"……"

문을 연 강윤의 앞에서 민진서가 한창 열연을 하고 있었다. 그런데 거리가 너무 가까운 게 문제였다. 너무 몰입한 나머지 민진서가 강윤의 바로 앞에 다가온 것도 몰랐으니 말이다.

"아, 죄송해요."

"아냐, 나야말로."

강윤이 갑작스럽게 등장해 놀랄 만도 했을 텐데 민진서는 당황하지 않고 조용히 뒤로 물러났다. 강윤도 이내 자신을 수습하며 해프닝으로 넘겨 버렸다.

"무슨 일인극에 이런 대사가 있어?"

"파우스트에 나오는 대사예요. 파우스트를 사랑하는 여인 그레트헨이 파우스트를 사랑하게 되면서 점점 나락으로 떨어지는 내용이죠. 노래도 있는데 들어보실래요?"

"……19금은 아니지?"

트레이너에게 연습용 일인극 대본을 골라오라 했건만, 좋아도 너무 좋은 대본을 골라왔다. 바빠서 대본을 검토하지 못한 게 실수였다.

강윤이 자신의 이마를 잡는 심정을 아는지 모르는지 민진서는 엄지로 자신을 가리켰다.

"한번 보실래요? 저 자신 있어요."

"……그래, 어른들도 있으니 상관없겠지."

"네?"

"아냐. 알았어."

강윤은 기대 어린 눈으로 자리에 앉았다. 그가 아는 민진서의 연기는 이미 수준급이었다.

안타깝게도 연기에는 빛이 보이지 않았다. 노래나 춤 등 음악과 관련이 없는 부분에는 빛이 보이지 않아 강윤은 아쉬웠다.

강윤이 민진서의 연기를 보며 감탄을 하고 있을 때, 그녀가 노래를 시작했다. 그러자 민진서에게서 점차 새하얀 빛이 비치기 시작했다.

'하얀군.'

좋은 공연을 보여줄 수 있겠다며 강윤이 만족하려는 그때, 그녀에게서 나오는 빛이 점점 짙어지기 시작했다.

"사랑하는 연인이여, 나 그레트헨은……."

파우스트의 연인, 그레트헨. 악마와의 내기로 점점 힘이 빠져 가는 파우스트를 사랑해 결국 나락으로 떨어져 가는 그녀를 연기하는 민진서의 목소리가 점점 더 강해져 갔다.

'이건, 뭐지?'

그녀를 비추던 하얀빛이 점점 강해지더니 종래 은빛으로 빛나기 시작했다. 별빛과도 같은 찬란함이었다. 하얀빛으로 만족하던 강윤은 조금 전과는 비교도 안 되는 은빛의 화려함에 눈을 씻고 다시 보았다.

"아, 내 마음 찰 때까지 키스하고 싶어라. 그의 키스를 받으며 사라진다 할지라도!"

몰입한 민진서가 한 걸음, 한 걸음 강윤에게 다가왔다. 그녀의 주위로 은빛의 화려함이 흘러 자신에게 스며들고 있었다. 하얀빛보다 더더욱 강렬한 은빛, 강윤은 그 놀라움에 무릎을 쳤다.

'은색! 이건…… 뭐야?! 이건…… 무조건 된다!'

흰색을 넘어가는 빛은 처음이었다. 이유는 알지 못했지만, 이 노래의 강렬함에 강윤은 확신했다. 이건 무조건 된다고!

민진서가 연습벌레이기도 했지만, 실력이 이렇게 일취월장했을 줄은 생각도 못 했다.

이윽고 짧은 일인극이 끝났다. 민진서는 지쳤는지 바닥에 주저앉았다.

"후아~ 저 어땠어요?"

"잘했어. 이거면 되겠어."

"한 번 더 해볼까요?"

"아니, 괜찮아. 그럼 수고해."

연습에 더 방해될까, 강윤은 연습실을 나섰고 민진서는 이후에도 연습에 집중했다.

'은빛, 은빛이라니. 더 위도 있다는 걸까?'

공연이 있는 강당으로 향하며, 강윤은 그동안 하얀빛, 회색빛만 보아 오던 이 눈에 대해 심각하게 고민했다.

공연 시간이 되었다.

강윤들은 엔지니어로 서 있는 직원들 옆에 섰다. 소녀들이 공연하는 모습을 한눈에 지켜보기 위해서였다. 카메라도 사방으로 5대나 설치했다. 후에 이 카메라로 찍은 자료들은 모니터링과 각종 자료로 활용할 예정이었다.

천사의 집에서 가장 예쁘다는 원생의 사회로 행사가 시작되었다. 먼저 천사의 집에서 장기 자랑을 하며 분위기를 띄웠고 그다음은 마을 사람들의 차례였다. 그리고 이어 메인이벤트, 소녀들의 공연이 시작되었다.

첫 번째 무대는 한주연과 에일리 정의 무대였다. 두 소녀는 긴장한 모습으로 무대에 섰다.

"안녕하십니까. MG엔터테인먼트 연습생 한주연, 에일리 정입니다."

환호하는 박수 소리가 터져 나왔다. 그리고 이내 MR이 흐르며 무대가 시작되었다. 첫 번째는 한주연이 치고 나왔다.

"하루하루- 흐르고 네 향에 취하여-!"

한주연의 꽉 찬 소리는 관객들을 휘어잡았다. 평범한 것 같으면서도 부드러운 소리가 편안하게 사람들에게 다가갔고 누구나 편안하게 그녀를 받아들이고 있었다.

점점 음이 올라가고 에일리 정의 차례가 되었다.

"그제야~ 난 눈을 들고 너를 바라보니-!"

에일리 정의 소리에는 힘이 있었다. 거친 듯하면서도 여성스러운 파워풀함이 사람들에게 호감을 주었고 모두가 조용히 몸으로 파도를 탔다. 그리고 조금씩 음이 고조되었다.

"Here――!"

두 사람의 음이 처음으로 만나는 부분이었다. 그런데 그녀들의 공연을 보는 강윤의 눈이 날카로워졌다.

'회색?'

잘 흐르던 하얀빛이 갑자기 회색으로 물들어 버렸다. 천천히도 아니었다. 목소리와 목소리가 합쳐지자마자 회색으로 확 물들어 버린 것이다. 게다가 귀로 들려오는 목소리는 불협화음이었다. 가까이 앉아 있던 아이들부터 마을 어른들까지 흥이 깨졌는지 얼굴을 찡그렸고 그 여파는 노래를 부르는 두 소녀에게도 미쳤다.

'짙어지는군.'

강윤의 눈에 보이는 회색은 점점 짙어져 급기야 검은색이 되어버렸다. 최악이었다. 처음에 흰색이었던 솔로 파트조차 회색이 되어 회복되질 않았다.

'분위기를 띄우는 건 어렵지만 떨어뜨리긴 쉽지.'

강윤은 한숨만큼이나 무대 앞의 한주연과 에일리 정의 고개도 푹 떨궈졌다. 그녀들은 노래가 끝날 때까지 정면도 제대로 보지 못한 채 무대를 내려와야 했다.

"아하하. 감사합니다. 다음 무대는요……."

사회자도 난감했는지 어색하게 웃었다. 관객들의 인상은 좋지 않았다. 그만큼 첫 무대의 여파는 컸다. 노래를 잘하는 한주연이 실패해 버렸다. 사람들의 인상이 제대로 나빠져 버렸다.

공연에서 가장 중요한 무대를 꼽자면 처음과 마지막이다. 그런데 처음이 제대로 꼬여 버리니 이후가 험난해질 건 안 봐도 뻔했다.

'강윤 씨, 이대로 내버려 둘 건가요?'

이현지 사장이 걱정스레 물어왔다. 그러나 강윤은 고개를 저었다.

'네, 괜찮습니다.'

'저 애들, 상처 크게 입을 텐데. 심하면 무대 공포증까지 올 수도 있어요.'

공연하는 이 강당은 매우 좁았다. 덕분에 공연자와 관객 사이가 매우 가까웠다. 관객의 살아 있는 표정이 공연자에게 모두 보인다는 말이었다. 이런 거부를 눈앞에서 당하면 경험이 적은 연습생으로선 극복이 쉽지 않다.

이현지 사장은 자신이라도 가볼까 하다가 그만두었다. 이런 월권은 좋을 게 없었다. 게다가 강윤이 알아서 잘할 거라는 믿음도 있었다.

"다음 공연은……."

다음 무대는 크리스티 안의 솔로 무대였다. 첫 번째 무대가 실패해서 그녀 역시 긴장을 단단히 하고 있었다. 염려만큼이나 무대에 나오니 자신을 지켜보는 사람들의 눈이 심상

치 않았다.

'사람들 왜 이래?'

너는 얼마나 보여줄 건데?

모두가 눈으로 이렇게 이야기하고 있었다. 첫 무대의 여파는 크리스티 안에게까지 미치고 있었다. 처음으로 사람들 앞에 서보는 그녀에게 이런 눈빛은 쉽지 않은 것이었다. 결국, 손이 떨려오기 시작했다.

"Sing~ fo~ sing-!"

결국, 크리스티 안은 떨리는 목소리와 음이탈까지 보여주고 말았다. 노래를 부르는 4분이 그녀에게는 영겁의 시간과 같았다.

'……잘나가다 회색이 되는군.'

뒤에서 모두를 지켜보는 강윤도 그 심정은 마찬가지였다. 사람들을 보니 학생들은 잡담하고 있었고 어른들은 하품에 수다로 무대에 집중하지 못하고 있었다.

강윤은 이 모든 걸 하나하나 체크하고 있었다.

다음 무대는 정민아와 서한유의 듀엣 댄스곡이었다. 다행히 그들은 좀 나았다. 아예 그들은 관객들을 보지 않고 자신들의 준비해 온 공연을 펼쳤다. 그러나 관객을 보지 않고 자신만의 공연을 펼친 후유증은 컸다.

'하얀군. 선방했어.'

강윤에게는 바로 색깔로 드러났다. 정민아와 서한유는 잘 맞는 듀엣이었다. 둘은 서로 잘 맞춰 나갔고 관객들을 보며 떠는 모습을 보이지도 않았다. 그러나 앞서 다운된 분위기를 수습하기에는 많이 부족했다.

그리고 민진서의 차례가 되었다.

"저 언니 진짜 예쁘다."

민진서가 무대 앞으로 나서자 꼬마 하나가 그녀를 향해 손가락질을 했다. 아니, 그곳에 있던 많은 사람이 손가락질만 안 했지 꼬마와 별반 다르지 않았다. 시선이 민진서의 화려하면서도 큰 기럭지에 모두 집중되고 있었다.

조금 전까지 나왔던 연습생들의 외모가 귀엽고 활기찼다면 민진서는 늘씬함, 귀여움, 아름다움 등 모든 걸 갖추고 있다고 봐도 과언이 아니었다.

관객들의 눈이 집중되어 부담되었는지 민진서는 강윤을 바라보았다. 강윤은 멀지 않은 뒤편에서 그녀의 마음을 알았는지 괜찮다며 웃으며 고개를 끄덕여 주었다. 그녀는 가볍게 웃으며 신호를 보냈다. 시작이었다.

"그대를 위해서라면 난…… 오늘 죽어도 괜찮아요."

민진서의 맑은 목소리가 강당을 울렸다. 결점 없는 피부만큼이나 밝으면서 맑은 소리였다. 조금 전까지 떠들며 정신없던 사람들이 모두 민진서에게 집중하기 시작했다.

민진서가 한마디, 한마디를 할 때마다 그녀에게서 나오는 빛이 사람들에게 스며들어 갔다. 스며들어 간 빛은 사람들을 웃게 만들고, 밝게 만들었다. 또 어떤 이는 가볍게 눈물도 짓게 했다. 그녀의 무대가 남기는 영향력이었다.

공연이 절정으로 가며, 그녀는 노래를 시작했다. 그리고 그녀가 관객들 앞으로 다가왔다. 맨 앞에 있는 남자 선생님 앞에서 민진서는 무릎을 꿇고 외쳤다.

"아~ 내 마음 찰 때까지 키스를 하고 싶어라. 그의 키스를 받으며 사라진다 할지라도!"

두근!

남자는 심장이 멎는 것 같았다. 민진서의 고운 외모가 주는 영향력만이 아니었다. 그녀의 리얼한 목소리, 감정 모든 게 그를 파고들었다. 아니, 주변 관객 모두에게 영향이 미쳤다.

'은색이다!'

하얀빛이 어느새 은색으로 변해 있었다. 민진서는 모두의 감정을 격하게 움직이고 있었다. 공연을 보는 사람들은 각자가 느끼는 감정이 다른지 누군가는 손으로 얼굴을 가리고, 누군가는 눈을 붉히며, 어떤 이는 주먹을 불끈 쥐고 있었다. 민진서는 모두를 뒤흔들고 있었다.

짧지만 모두의 감정을 뒤흔든 민진서의 공연은 그렇게 끝이 났다.

"감사합니다."

"……."

민진서가 공손히 가슴에 손을 얹고 인사를 했지만, 사람들은 공연이 끝났다고 인식하지 못했다. 관객들 모두가 잠시 멍하니 넋을 놓고 있었다.

"우와아아아아ー!"

"누나, 최고다!"

"박수!"

잠시 후.

그제야 일인극이 끝난 것을 깨달은 관객들이 강당이 떠나가라 박수를 쳤다. 환호 소리가 파도를 쳤다. 사람들 모두가 그녀의 공연에서 나오질 못했다.

앞에서 민진서를 지켜보던 이현지 사장도 천천히 박수를 쳤다. 강윤이 했던 요구가 이제야 이해가 갔다.

민진서는 보석 중의 보석이었다. 조금 전까지 연습생들이 펼쳐 보였던 재롱잔치가 그녀의 공언 하나로 모조리 날아갔다. 커다란 파도가 찌꺼기들을 모조리 쓸어가는 이치와 같았다.

"다음은……."

물론 민진서의 공연이 끝나고도 공연은 계속되었다.

이삼순과 크리스티 안의 듀엣곡은 무난했다. 하지만 외국 팝송이라는 게 발목을 잡았다. 그래도 전 공연의 여운 덕분에 사람들의 호응을 얻을 수 있었다.

문제는 다 같이 하는 댄스곡이었다. 유종의 미를 거두기 위해 모두가 결심을 단단히 하고 섰지만…….

'아…….'

정민아는 연습 때와 마찬가지로 반 박자가 처지는 에일리 정의 동작에 고개를 푹 숙이고 말았다. 왼쪽으로 돌 때, 왼쪽으로 움직일 때 특히 반 박자가 느려졌다. 그 덕에 모두의 댄스가 어설픈 아마추어의 춤이 되고 말았다.

'마지막은 회색이군. 검은색 아닌 게 어디야.'

강윤은 모든 걸 기록하고 노트를 덮었다. 그와 동시에 공연도 끝이 났다.

"감사합니다."

소녀들의 그 말과 함께 담담한 박수 소리가 강당을 울렸다. 그러나 공연의 여운이 씁쓸한지 소녀들은 고개를 들지 못했다.

♪ ♩♪♩ ♫♫ ♩ ♪

공연이 끝난 후의 가수들은 피로가 턱밑까지 차오르는 법이다. 오랜 경험으로 강윤은 누구보다 그걸 잘 알았다. 그 때문에 공연 피드백을 바로 하는 법은 거의 없었다.

하지만 강윤은 그걸 깼다. 공연이 끝나고 1시간도 되지 않아 소녀들을 공연이 있던 강당으로 불러 모았다.

"……."

"……."

고개를 푹 숙이고 있는 소녀들은 아무 말도 없었다. 아니, 하지 못했다. 강윤도 침묵했다. 그렇게 잠시 시간을 보내던 강윤은 차분히 이야기를 시작했다.

"지금부터 공연 피드백 해보자. 다들 앉아."

피드백은 원래 트레이너들과 하는 게 원칙이었다. 그런데 난데없이 강윤이라니. 소녀들 모두가 긴장에 몸이 굳어 버렸다.

그걸 아는지 모르는지 강윤은 설치한 프로젝터에 카메라를 연결해 재생했다. 곧 소녀들의 공연 영상이 재생되었다.

한주연과 에일리 정의 첫 공연을 보고 강윤이 말했다.

"먼저 주연이와 에일리부터 해보자. 잘한 건 이야기하지 않겠어. 부족한 것만 이야기할게. 둘은 목소리가 합쳐지는 초기 부분, 그러니까 후렴이네. 여기가 부족해. 서로 느꼈지?"

"네."

"그럼 다시 해보자. 일어나."

한주연과 에일리 정이 일어나 노래를 시작했다. 다시 강윤에게서 빛이 보이기 시작했다. 아까 보이던 빛과 똑같은 회색이었다.

"다시. 주연아, 에일리 소리 듣고 있어?"

"네."

"에일리는?"

"듣고 있어요."

"서로 듣고 있는데 소리가 따로 놀아?"

"……."

강윤은 대번에 알 수 있었다. 노래로 둘이 자존심 싸움을 하는 것이었다. 내 목소리에 네가 맞춰라, 아니다. 네가 맞춰라. 이런 양상이었다. 화를 낼 만한 상황이었지만 강윤은 화를 내지 않았다.

"다시."

"네."

될 때까지.

강윤은 그렇게 마음먹고 있었다. 그런 그의 마음을 아는지 모르는지 소녀들은 속으로 목소리 싸움을 하는 한주연과 에일리 정을 욕하며 투덜거리고 있었다.

"안 되겠네. 다시 하자."

둘에게서 보이는 회색은 여전했다. 한주연이나 에일리나 서로의 소리를 들으려는 모습을 조금도 보이지 않았다. 계속 시도했지만 둘 다 그대로였다.

"다시."

강윤은 지독했다. 서로에게 양보를 강요하는 한주연이나 에일리 정도 지독했지만, 강윤은 한 수 위였다. 수십 번을 다시라고 외치는 건 말할 것도 없었다. 결국 에일리가 힘들다며 울음을 터뜨렸지만, 강윤은 눈 하나 깜빡하지 않았다.

"다시 해."

"선생님……."

"서로 목소리 맞추면 되잖아. 그렇지, 주연아?"

"……."

한주연도 강윤이라는 사람에게 질려가고 있었다. 에일리에게 지기 싫어서 그랬다지만 강윤이 더 무서웠다. 지금 그는 상상 그 이상을 보여주고 있었다. 양아치로 소문난 세디도 3일 동안 무릎 꿇고 빌어서야 컴백 무대를 기획해 줬다더니, 소녀들에게 이제야 그 독함이 피부로 느껴졌다.

"100번밖에 안 했어. 다시 해보자."

이쯤 되니 한주연이나 에일리나 목소리를 맞추지 않을 수가 없었다. 그러나 소리 맞추는 게 쉬운 일이 아니었다. 맞추려고 해도 맞추기 쉽지 않은 게 소리다. 가수가 되면 한 번 듣고 바로 맞출 수 있는 실력을 갖추게 되지만 아직 그녀들은 그 정도는 아니었다.

"다시."

결국, 그녀들은 수십 번을 다시의 악몽 속에서 헤엄쳐야 했다. 그래도 해방은 있었다.

"이 정도면 괜찮네."

"……."

강윤에게서 이 말을 들었을 때는 몇 번째인지 기억도 나지 않았다. 한주연이나 에일리나 서로의 목소리는 이제 몸에 익어버렸을 정도였다. 절대로 잊어버리지 않을 것 같았다. 강윤의 피드백은 그야말로 끔찍했다.

"다음은 정민아랑 서한유구나. 해볼까?"

"흐엑!"

정민아는 감정이 너무 드러나 버렸다. 그러나 평소라면 웃었을 소녀들도 이 순간만은 웃을 수가 없었다. 같이 나가는 서한유도 마찬가지였다.

결국, 두 사람도 강윤의 다시라는 말이 뇌에 박히도록 같은 동작을 해보고, 또 해봐야 했다. 그나마 두 사람은 주연과 에일리보다는 많이 하지 않았다. 그래도 끔찍했다.

피드백은 모든 무대에 적용되었다. 개인 무대부터 듀엣 무대까지.

강윤의 피드백은 단순했는데 소녀들에겐 끔찍했다. 그녀들이 가장 못하는 부분만 족족 집어내 반복시켰기 때문이었다. 그 반복이란 게 너무 지겨워서 소녀들은 어떤 일이 있어도 철저하게 준비해 맞추겠다는 결심까지 했다.

소녀들은 고생을 죽어라 했지만, 하이라이트는 마지막 피드백, 단체 공연이었다. 정민아와 에일리 정의 박자가 반 박자나 차이가 나는 바람에 전체적으로 아마추어 같은 댄스였다.

이미 시간은 새벽 4시였다. 소녀들의 눈에도, 강윤의 눈에도 피로가 잔뜩 몰려왔지만, 강윤은 벌게진 눈으로 계속 피드백을 진행했다.

"춤은 방법이 없어. 될 때까지 하는 수밖에. 해보자."

안타깝게도 강윤은 댄스에 대한 전문 지식이 없었다. 그러나 지금은 전문 지식이 필요하지 않았다. 지금 하는 훈련의 궁극적인 목적은 팀워크, 모두가 하나의 군무를 이루는 팀워크가 중요한 것이니까. 아까처럼 정민아는 빠르고 에일리 정은 느린 이런 사태가 벌어지면 절대로 안 됐다.

"민아야, 네가 맞춰줘."

"네? 그렇게 하면 루즈해질 텐데……."

"그래도 맞춰줘."

"……네."

정민아가 불만이 있는지 입술을 삐죽였지만, 강윤의 말에 토를 달지는 않았다.

강윤은 정민아의 프라이드를 잘 알았다. 그녀는 춤을 '너무' 잘 춘다. 말 그대로 '너무'다. 그 덕에 에일리가 정민아를 따라갈 수가 없었다. 결국, 정민아를 에일리에 맞추는 게 더 나았다. 그리고 천천히 페이스를 끌어올리는 게 전체적인 수준 향상에 훨씬 나았다.

그렇다고 무조건적으로 네가 잘못했다고 이야기하지도 않았다. 강윤 나름의 존중이었다.

그리고 그 방법은 효과를 발휘했다.

"나아졌네. 이제 조금씩 빠르게 해보자."

"네."

정민아도 조금씩 달라지는 게 느껴지는지 아무 말도 하지 않았다. 춤에 대해선 귀신같이 느끼고 말하는 그녀였다. 조금씩, 조금씩 페이스가 올라갔다. 그런데 신기하게도 쫓아오지 못하던 에일리 정이 어느새 정민아의 빠른 페이스를 쫓아오고 있었다. 그리고 종국엔 정민아의 페이스를 완전히 쫓아갔다.

시간은 아침 7시하고도 10분이 넘었다. 그제야 모든 피드백이 끝이 났다.

강윤은 그제야 모두를 모이게 했다.

"수고했어. 이제 씻고 자자."

"……수고하셨습니다."

공연하고, 밤새도록 힘을 뺀 소녀들은 이미 좀비라고 해도 과언이 아니었다. 눈 그늘은 이미 눈 밑으로 내려와 있었고 머리는 기름이 좔좔 흘러내리고 있었다.

강윤의 해산 선언에 그녀들은 어기적어기적 숙소로 향했다.

'……진짜 힘드네.'

소녀들이 모두 나가자마자, 강윤은 그대로 강당에 누워 잠이 들어버렸다. 사실, 누구보다도 강윤이 가장 피곤했다.

천사의 집에서의 모든 일정이 끝나고 돌아오는 길.

7명의 소녀는 한 작은 버스에 함께 탑승해 집으로 돌아가고 있었다. 앞좌석에 매니저 한 명 외에 아무도 타지 않아 소녀들은 하고 싶은 이야기를 마음껏 할 수 있었다.

"우앙……. 지옥이야, 지옥……."

에일리 정은 생각만 해도 치가 떨리는지 온몸을 바들바들 떨었다. 아직도 밤샘 연습을 한 후유증이 남아 있어 눈 밑까지 내려온 다크 서클이 올라가질 않았다.

"누가 아니래……. 이강윤, 나쁜 놈아……."

한주연도 한마디를 보탰다. 한마디 하지 않고는 못 견딜 것 같았다. 어제의 후유증인지 목소리도 후들후들했다.

"……난 팀장님이 제일 착한 줄 알았는데 제일 독해요…… 무서웠어……."

서한유도 다신 생각하기 싫은 합숙에 치를 떨었다. 공연보다 더 기억에 남는 피드백이라니. 생각만 해도 끔찍했다.

"민아 언니는 눈도 못 뜨네요."

"그르게."

서한유와 이삼순은 차에 오르자마자 한구석에 박혀 잠들어버린 정민아를 보며 깊은 안쓰러움을 내비쳤다. 사실 그녀들도 무척 피곤했지만 잠이 오질 않았다. 고개만 붙이면 잘

수 있는 정민아가 이 순간은 부러웠다.

"진서는 좋겠다. 피드백도 안 하고."

크리스티 안이 부러움이 가득 담긴 눈으로 민진서를 바라봤다. 그러자 민진서는 손을 내저었다.

"아니에요. 저도 같이 해야 했는데 죄송해요."

"아냐, 같이 했으면 시간만 길어졌을 거야. 그리고 진서는 잘했잖아. 언제 연기가 그렇게 는 거야? 어제 완전히 놀랐어."

크리스티 안의 말이 모두의 마음이라도 되는 듯, 다른 소녀들 모두가 고개를 끄덕였다. 민진서는 아니라며 고개를 흔들었다.

"비행기 자꾸 태우지 말아주세요. 부끄럽게. 그냥 전 선생님이 하라는 대로 한걸요."

"진서는 당장 데뷔해도 되겠더라. 부러워."

이삼순이 느릿하게 이야기하자 민진서는 얼굴이 더 빨개져 고개를 더욱 숙여 버렸다. 이런 모습에 다른 소녀들 모두가 웃음을 터뜨렸고 그렇게 민진서는 소녀들과 동화되어 갔다.

그렇게 수다를 떨다 보니 어느새 휴게소였다.

집에서 받은 용돈으로 휴게소 명물 호두과자와 간식들을 잔뜩 사 들고 차에 오른 소녀들은 이내 행복감에 젖었다. 버스는 이내 부스럭거리는 소리와 함께 과자 파티장으로 변했다.

"하하하하. 그래서……."

물론 수다는 빠지지 않았다. 그런데 버스가 막 출발하려는 그때였다. 문이 열리며 강윤이 불쑥 고개를 내밀었다.

"팀장님."

모두가 먹던 그 자세 그대로 멈춰 버렸다. 그때까지 자고 있던 정민아는 이게 무슨 일인가 하고 눈을 비비다가 강윤을 보고 잠이 확 달아나 버렸다.

'아이씨! 뭐야!'

부끄러웠는지 얼굴이 확 달아오른 건 안 비밀이다.

"전해 줄 게 있어서 왔어. 오면서 다 같이 이야기하면서 왔으면 좋겠어. 진서는 해당 사항 없지만 도움을 줬으면 좋겠고."

"네."

강윤은 모두에게 서류를 나누어주곤 타고 온 차로 가버렸다. 소녀들은 이내 서류들로 눈을 돌렸다.

"상록수 보육원 공연. 3일 뒤…… 으헥?!"

에일리 정이 뭔가 하며 낭랑한 소리라 읽다가 감정을 적나라하게 드러내고 말았다.

"헐…… 이게 뭐야?"

한주연 역시 감정은 크게 다르지 않았다. 공연한 지 얼마나 됐다고 또 공연이라니. 머리에서 쥐가 날 것 같았다.

"언니. 이거 봐요. 공연 내용은 천사의 집과 똑같이 함. 단, 민진서의 일인극은 제외한다."

서한유가 중요한 사항을 지적해 주었다. 소녀들 모두가 서로의 얼굴을 멍하니 바라보고 있었다. 결국, 이건 테스트였다.

"이건 테스트구랴. 우리 팀장님 사람 굴리는 재주가 있으샤."

이삼순이 특유의 느릿한 어조로 이야기했다. 요 며칠 사이, 그녀는 강윤이 정말 무시무시하게 느껴지고 있었다. 피드백으로 끝이 아니라 테스트까지 하다니.

정민아가 그때 나섰다.

"일단 부족한 부분은 다 채웠잖아. 어제보단 낫겠지. 그렇지?"

모두가 동의하는지 고개를 끄덕였다. 한주연이 거들었다.

"팀장님이 우리가 못 미더웠나? 에일리, 우리 포텐을 제대로 보여줘야지?"

"고럼 고럼."

한주연은 어느새 에일리와 바짝 붙어 있었다. 힘겹게 연습하면서 정이 들어버린 것이다. 비단 그녀뿐만이 아니었다. 어제 함께 연습했던 파트너들끼리 정이 안 들려야 안 들 수가 없었다. 강윤이라는 마왕을 물리쳐야 하는 용사가 되었으니 했으니까. 1차 레이드가 끝나고 해산하려고 하니 2차 소집이 시작되었다. 소녀들은 다시 뭉쳐야 했다.

"이번에는 제대로 보여주자고. 그 아저씨 놀라 자빠지게 해주자."

"올, 정민아, 리던데?"

정민아의 말에 크리스티 안이 박수를 짝짝 쳤다. 나머지 소녀들도 웃음을 터뜨렸다.

그렇게 버스 안은 공연 이야기로 화합되기 시작했다. 아직 갈 길은 멀었지만, 그녀들은 조금씩 서로에게 맞춰가며 팀워 크라는 것을 갖춰 나가기 시작했다.

3일은 금방 지나갔다.

소녀들 모두가 한마음 한뜻으로 연습에 열을 올렸다. 특히 강윤이 계속 지적했던 부분들, 한주연과 에일리의 목소리 통일이라든가 정민아와 에일리의 박자 차이 등을 집중적으로 연습했다. 강윤이 계속 강조했던 서로에게 맞추라는 이야기는 몸에 단단히 각인되었고 이젠 자동으로 나올 수준이 되었다.

그 연습의 결과를 보여줄 순간이 바로 지금이었다.

"우리 잘하자."

"응."

첫 순서인 한주연과 에일리 정이 서로에게 잘하라며 한번 안아주고는 무대 앞에 섰다. 혹독한 연습이 없던 동료애도 만들어냈다.

"와~ 예쁜 언니다."

"누나!"

한주연은 자신을 가리키며 예쁘다고 연발하는 여자아이에게 한번 웃어주었다. 그러자 그 아이는 더 까르르 웃어주었다.

분위기가 부드럽게 풀렸고 에일리 정이 간단한 농담으로 관객의 분위기를 더 유연하게 풀어냈다. 천사의 집에서 보여주던 덜덜 떠는 에일리 정은 이젠 없었다.

"그럼 시작할게요."

한주연의 선언과 함께 노래가 시작되었다. MR이 흐르기 시작하며 그녀의 목소리가 은은하게 관객에게 퍼져 나가기 시작했다.

ー하루하루~ 흐르고 네 향에 취하여ー!

한주연이 자신의 파트를 부르는 가운데, 강윤은 뒤에서 무대를 지켜보고 있었다.

'솔로 파트는 크게 차이가 없군.'

이어지는 에일리 정의 파트에서도 마찬가지였다. 그러나 문제였던 후렴부, 두 사람의 목소리가 합쳐지는 부분은 확실히 달랐다.

"Here——!"

가장 중요한 처음 부분이었다. 에일리 정의 저음과 한주연의 고음이 제대로 만났다. 강렬한 화음이 관객 모두를 강타했다.

'잠깐? 뭐야?!'

두 소녀의 화음이 조화되는 가운데 강윤은 자신의 눈을 의심했다.

평상시라면 은은하거나 강한 흰색 빛이 비쳐야 했다.

'음표?!'

그런데 지금까지와는 전혀 다른, 빛이 아닌 푸른빛의 음표가 두 소녀에게서 흘러나오고 있었다.

'말도 안 돼…… 음표라니!'

강윤의 눈에 음표만 보이는 게 아니었다. 두 사람에게서 나오는 음표는 합쳐져 조화를 이루더니 그제야 하얀빛이 되었다. 무대 전체를 은은한 하얀빛이 감쌌다. 무대 구색을 갖추기 위해 설치해 놓은 작은 스포트라이트의 영향마저 받는지 스포트라이트의 조명이 강해지자 하얀빛이 조금이지만더욱 강해졌다.

'허…… 이 능력이 이렇게 세분화된 능력이었나…….'

강윤은 당황스러운 와중에도 침착하게 이 상황을 기록했다. 가수에게서 나오는 음표, 무대 장치의 영향, 그리고 관객들의 반응 등 모두 알아야 하는 것들이었다.

강윤은 혼란스러웠지만 소녀들에게서 눈을 떼지 않았다. 무대의 소녀들은 이미 흐름을 잘 탔는지 그녀들이 만들어낸 음표들은 더더욱 하얀빛을 강하게 만들어내고 있었다. 푸른색의 음표들은 하얀빛을 만들어내는 연료처럼 흘러 들어갔고 그럴수록 관객들의 반응도 좋아졌다.

'좋은 콤비가 되겠어.'

혼란은 잠시 미뤄두고 강윤은 수첩에 소녀들의 공연을 기록했다.

'한주연은 기가 세서 듀엣을 전혀 하려 하지 않았었지. 하지만 이젠 다른 무기가 생겼다.'

강윤의 과거에 한주연은 그룹의 노래를 제외하면 누구와도 목소리를 겹치려 하지 않았다. 설사 그룹 내 듀엣이라도 용납하지 않았다. 그 때문에 결벽증이다 뭐다 하는 루머도 끊이지 않았다. 그러나 지금, 이 무대로 강윤은 한주연에게 과거에는 없던 무기를 쥐어주게 되었다.

"널~ 사랑해애ー!"

한주연의 고음과 에일리 정의 저음으로 무대가 끝이 났다. 하얀빛이 일렁이던 무대 탓일까, 큰 박수가 쏟아졌다.

"감사합니다!"

한주연은 전과 같은 노래를 했는데, 이런 환호를 받을 줄은 생각도 못 했다. 에일리 정은 이미 훌쩍이고 있었다.

"뚝, 뚝."

"흐윽."

이제 노래 하나 했을 뿐인데…… 한주연은 에일리 정 때문에 재빨리 감정을 추스러야 했다. 한주연은 그녀를 안아주고는 바로 무대 뒤편으로 나왔다. 참 미워할 수 없는 귀여운 친구였다.

"잘했어, 잘했어!"

정민아를 위시한 3명의 소녀가 한주연과 에일리 정을 반겨주었다. 힐끔힐끔 지켜본 두 사람의 무대는 3일 전과는 비교도 할 수 없을 만큼 좋았다. 큰 발전이었다.

"다음! 잘하고 와!"

다음은 크리스티 안의 솔로 무대였다. 그녀는 등을 두드려주는 모두에게 시크한 얼굴로 씩 웃어주고는 바로 무대로 나섰다.

♩ ♪ ♩ ♪ ♫ ♪

'느린 노래에는 파란 음표, 빠른 노래에는 노란 음표인가. 빨간 휴지 파란 휴지도 아니고…… 이걸 어떻게 이용해야 하지?'

강윤은 화성학이나 음악이론을 알면 눈에 보이는 것도 달라졌을까 하는 생각이 들었다.

지금 파악할 수 있는 건 빠른 비트의 노래에는 노란 음표가, 느린 비트의 노래에는 파란 음표가 나오고 각 음표의 빛의 세기가 다르다는 것뿐이었다. 다행히 어느 부분이 어울리는지 어울리지 않는지는 빛의 세기를 보고 파악할 수 있었다.

'빛의 세기는 항상 일정했어. 세기가 약하거나 다른 부분을 수정하면 좋은 노래가 나올 수도 있겠군.'

강윤은 소녀들의 무대를 보며 빛에 대한 것과 무대에 대한 것들을 따로 정리했다.

수첩에 오늘의 무대를 기록하고 있었다. 오늘 소녀들의 무대에서 회색은 찾아볼 수 없었다. 듀엣에서도 솔로 무대에서도 하얀빛이 무대를 지배하고 있었다.

"쌤. 나 연습생 할래요."

"넌 안 돼. 못생겨서."

"부들부들……."

관객 중 공연 때문에 꿈을 결정했다가 돌직구를 맞은 안타까운 사연도 있었지만, 대부분의 관객은 소녀들의 공연에 깊이 빠져 있었다.

'이제 마지막이군. 이게 제일 중요한데.'

6명의 단체 군무, 'Sun Shine'.

전 무대를 아무리 잘해도 이 무대를 망친다면 모든 무대를 망치는 거라고 강윤은 생각하고 있었다. 마지막 무대의 무게, 6명 소녀의 팀워크 등 마지막 이 군무에 걸린 게 상당했다.

사회자의 마지막 인사와 함께, 소녀들이 긴장하며 무대에 섰다. 그녀들의 하얀 몸에 붙는 무대 의상은 사람들의 시선을 단번에 사로잡았다.

곧, AR이 재생되며 공연이 시작되었다.

'립싱크 무대는 어떻게 나올라나.'

방송 무대에서 립싱크도 상당하다. 격렬한 퍼포먼스를 선보이는 가수들은 라이브를 포기하고 퍼포먼스에 올인하는 경우도 흔했다. 물론, 노래가 안 돼서 그러는 경우도 많았지만.

강윤은 이런 경우에는 어떻게 보일까, 긴장하며 바라보았다.

센터의 정민아가 웨이브를 타며 천천히 움직이기 시작하자 다른 소녀들도 천천히 그녀를 중심으로 움직이기 시작했다. 그러자 소녀들에게서 빛이 나오기 시작했다. 모두에게서 빨간빛이 나오고 있었다.

반 박자. 정민아가 왼쪽으로 돌 때 이상하게 에일리 정이 항상 늦었다. 이때 에일리에게서 빨간빛이 아닌 자주색이 흘러나왔다. 그러나 이내 에일리는 옆을 보며 동작을 맞췄다. 그러자 빛은 빨갛게 변했다.

'좋아.'

모두가 일치된 빛, 모두가 한 박자였다. 버벅이는 모습 따위 하나도 없었다. 정민아는 턴을 돌기 전 에일리를 한 번 보며 신호를 보냈고 일부러 턴하는 속도를 늦췄다. 찰나의 차이였지만 이 차이가 모두의 군무를 하나로 맞추는 효과를 냈다. 강윤은 손을 꽉 쥐었다.

공연장 전체를 감싸는 빛은 아주 밝은 하얀빛이었다.

'적응하려면 시간이 걸리겠어.'

노래의 색, 춤의 색, 전체가 일치된 공연의 색. 강윤의 눈에 보이는 빛이 세분되었다. 신경 쓸 것은 늘었지만 알 수 있는 게 많아졌다. 익숙해지려면 시간이 걸릴 듯했다.

'빨리 익숙해지자.'

소녀들의 공연을 마무리하며 강윤은 각오를 단단히 다졌다.

♩ ♪♩♩ ♪♪ ♪

오늘도 최모 군은 학교가 끝나자마자 친구들과 PC방으로 직행을 했다. 성적은 중간, 외모는 평범, 모든 게 어중간한 최모 군이었지만 PC방에서는 누구보다도 앞설 수 있는 남자, 그게 최모 군이었다. 컴퓨터 게임, 검색 등등 컴퓨터로 하는 모든 건 최고였다.

"야, 너 시즌스는 아냐?"

"당연히 알지. 떴잖아. 하늘 단발…… 아, 날 가져요."

"지랄. 여자는 몸매가 짱이야. 한나가 갑이지."

대전 백화점 캠 영상으로 유명세를 탄 시즌스는 인터넷으로 사람들에게 이름을 알리기 시작하더니 급기야 방송에까지 나오게 되었다.

실시간 검색어 1위는 단타성으로 끝나지 않고 인터넷에서 소문에 소문을 타 결국은 위까지 흘러들어 갔다. 말 그대로 역주행이었다. 덕분에 시즌스나 윤문수 사장이나 강윤이 부르면 불 속이라도 뛰어들 기세였다.

물론, 그러거나 말거나 최모 군은 자리에 앉아 꼬깃꼬깃한 천 원짜리로 충전하고 바로 게임을 켰다. 그러나 오늘따라 업데이트 양이 많다고 모니터가 말을 안 듣고 있었다.

"이런 빌어먹을······."

죄 없는 모니터에게 시원하게 한마디 해준 최모 군은 인터넷을 켰다. PC방의 광고 페이지를 넘어 바로 포털사이트로 넘어간 최모 군은 검색어를 입력하려다 밑에 동영상 하나를 발견했다. 요새 기대작이라는 게임 동영상이었다.

'겁나게 멋있네.'

곧 나온다는 게임 동영상을 감상해 주고 업데이트를 돌려 봤지만, 아직 멀었다. 그는 동영상 파도를 타고 이곳저곳을 돌아다녔다. 그런데 이상하게 눈에 들어오는 게 있었다.

−키스를 부르는 소녀.

호기심이 왕성한 최모 군은 바로 동영상을 재생했다. 한 치의 망설임도 없는 마우스 클릭이었다.

　동영상의 소녀는 작은 무대 위에 있었다. 카메라가 천천히 그녀에게 가까워지더니 이내 그녀의 얼굴을 클로즈업했다. 그런데…….

　'대박, 완전 예쁜데?'

　동영상 소녀의 얼굴에는 잡티 하나 없었다. 무결점 피부에 오뚝한 코, 큰 눈까지. 완전무결 여신의 포스를 보여주고 있었다. 게다가 또래였는지라 최모 군은 순간 가슴이 두근거렸다.

　―아, 내 마음 찰 때까지 키스를 하고 싶어라. 그의 키스를 받으며 사라진다 할지라도!

　키스를 부르는 입술이라더니, 소녀는 말 그대로 키스를 부르고 있었다. 선정적인 제목과는 다르게 영상에서 보이는 포스는 엄청났다. 하늘거리는 하얀 원피스의 소녀는 애절한 눈으로 자신을 바라보고 있었다.

　'아아…….'

　모니터였지만 순간, 최모 군은 어느새 넋을 놓고 있었다. 심장이 쿵쾅거리고 침을 흘릴 즈음…….

　―대출이 필요할 땐? 더내놔머니의 김미영 팀장입…….

　"아아아아악!"

　다행히 최모 군을 김미영 팀장님이 구원해 주었다. 환상이 깨지는 건 순식간이었다. 최모 군은 갑자기 자신을 부르는 김미영 팀장의 아름다운 목소리에 저도 모르게 자리에서 벌떡 일어났다가 주변의 집중된 시선을 받았다. 최모 군은 쪽팔림을 안고 다시 자리에 앉아 영상을 재생시켰다.

　－아! 내 마음 찰 때까지 키스를 하고 싶어라. 그의 키스를……

　쪽팔림도 끄지 못하게 한 영상은 게임이고 뭐고, 최모 군의 PC방 시간을 모두 소진시켜 버렸다.

　"수고하셨습니다!"

　상록수 보육원 입구 앞에서 강윤은 소녀들에게 활기찬 인사를 받았다. 공연의 여운을 느끼라고 강윤은 공연이 끝난 강당에 들어가지 않았기 때문이었다.

　"수고했어."

　강윤은 짧게 이야기했다. 오늘 공연은 더 말할 게 없었다. 물론, 앞으로 더 좋은 모습을 보여야 하겠지만, 오늘은 이걸로 충분했다. 강윤은 긴말을 하지 않고 지갑에서 카드를 써내 들었다.

　"이게 뭐예요?"

　"이게 그…… 그…… 법인카드?!"

한주연이 묻자 정민아가 벌벌 떨었다. 정민아가 강윤에게 요청하여 잠시 받아 들었는데 그것은 고급스러운 금테로 장식된 법인카드였다. 딱 봐도 엄청나게 비싸 보이는 카드였다.

"소고기 먹으러 가자."

"네에?!"

소녀들 모두가 놀라 소리쳤다. 그녀들도 소고기 비싼 건 잘 알았다. 간혹 회식할 때 가수들은 소고기, 연습생들은 돼지고기를 먹곤 했다. 나오는 돼지고기의 양도 적었다.

연습생과 가수를 분명히 구분하겠다는 방침 때문이었다.

그러나 강윤은 달랐다. 그는 자신의 사람들은 매우 철저하게 챙기고 있었다. 소고기로 소녀들을 모두 홀린 강윤은 모두와 함께 최고급 한우가 기다리는 교외에 있는 한우 집으로 향했다.

사전에 예약해 놓아 자리는 강윤 일행의 자리는 매우 넉넉했다. 일행들이 도착하자 이내 고기가 나왔고 치이익 소리와 함께 고기가 구워지기 시작했다.

"으아……! 못 참겠다!"

에일리 정이 젓가락을 들었다 놨다 하며 고기를 주워들려 했지만, 정민아가 그녀를 열심히 말렸다. 강윤이 가만히 있었기 때문이다. 어른이 수저도 들지 않았는데 음식에 손을 대는 건 예의가 아닌 법. 그녀의 눈치에 모두가 이미 손을 놓고 있었다.

"빨리 먹어. 배고프겠다."

"네!"

강윤의 말이 떨어지기가 무섭게 고기는 게 눈 감추듯 사라지기 시작했다. 직원들은 무섭게 사라지는 고기들을 공수해 오느라 바빠졌다. 강윤은 미리 고기가 떨어지면 바로바로 채워 달라 부탁해 놓았다. 한창때 소녀들의 식성이란 무시무시했다.

소녀들이 열심히 먹기 시작할 때 강윤도 젓가락을 손에 들었다. 그러나 그의 휴대전화가 춤을 추었다.

"여보세요? 네, 사장님."

그러나 반갑지 않은 전화가 걸려와 그의 손은 멈춰 버렸다. 이현지 사장의 전화였다.

ㅡ이 팀장. 지금 어딘가요?

"회식 중입니다. 무슨 일 있으십니까?"

ㅡ그렇군요. 방해해서 미안하지만 가능하면 빨리 사무실로 들어와 주겠어요?

"전화로 힘든 이야기겠군요. 알겠습니다."

통화를 마치고, 강윤은 바로 자리에서 일어났다. 소녀들이 집으로 오는 길은 매니저들을 비롯해 직원들이 있기에 괜찮았다.

"팀장님, 먼저 가세요?"

강윤이 조용히 계산하고 입구로 나가려는데 정민아가 그를 따라나섰다.

"회사에서 호출이 들어와서. 들어가서 식사해."

"무슨 일 있으세요? 식사도 제대로 못 하셨잖아요."

"민아가 내 것까지 많이 먹고 와."

"당연히 그럴 거예요. 자, 아~ 해보세요."

"응?"

강윤은 영문도 모르고 입을 벌렸는데 정민아가 무언가를 강윤의 입에 밀어 넣었다. 고기를 듬뿍 넣은 상추쌈이었다.

"마이따(맛있다)."

"당연하죠. 누가 싼 건데."

"마이머거아(많이 먹고 와)."

"씹고 말씀하세요."

강윤은 어깨를 으쓱이곤 정민아의 어깨를 툭툭 쳐주었다. 그리곤 바로 주차장으로 향했다.

'쌈 맛있는데?'

강윤의 입안에는 적당한 마늘 향과 쌈장, 고기가 적절하게 섞이며 소고기의 담백함을 더해주고 있었다. 자신을 챙겨주는 정민아를 생각하니 강윤은 웃음이 나왔다.

회사까지는 오래 걸리지 않았다. 매니저 경력이 있는 강윤인지라 운전도 실하게 했다. 강윤은 주차장에 반듯하게 주차를 하고 바로 사장실로 향했다.

"어서 와요."

이미 늦은 시간이었지만 이현지 사장은 퇴근도 하지 않고 강윤을 기다리고 있었다. 밖은 이미 어둑해져 달이 한창 떠오르고 있었다.

"중요한 일 있으십니까?"

"좋은 일 하나, 나쁜 일 하나. 어떤 이야기부터 듣고 싶나요?"

"나쁜 일부터 듣겠습니다."

강윤은 나쁜 일을 빠르게 보내고 좋은 일을 길이 누리고 싶었다. 이현지 사장은 그의 말을 듣곤 차분히 이야기를 시작했다.

"이 팀장이 맡는 일이 너무 많다, 민진서를 자신의 부서로 옮겨 달라……. 이사들이 요구하고 있어요. 웃기는 인간들이죠. MG엔터테인먼트는 이강윤 팀장밖에 기획하는 사람이 없느냐면서 말이죠."

"민진서는 모두가 외면했던 연기 지망생이었습니다. 전 그 재능을 펴게 해준 것밖에 없습니다만."

"맞아요. 일단 좋은 일까지 이야기하고 말해보죠. 좋은 일은 이 팀장이 올린 민진서의 '키스를 부르는 소녀' 인터넷 영상이 엄청난 반응을 얻고 있어요. 아니, 엄청난 반응이라고 말하기도 우습죠. 하루 만에 200백만 조회수를 넘고 기자들도 속속들이 연락을 하고 있죠. 데뷔도 하지 않았는데 이미 이름을 다 알린 셈이네요."

이현지 사장에게서 좋은 일 하나, 나쁜 일 하나를 듣고서 강윤은 생각에 잠겼다. 민진서가 잘될 기미가 보이니까 파리가 꼬이기 시작했다는 것과 이제 민진서의 데뷔 기반이 확실히 잡혔다는 이야기였다.

"저를 부르신 이유는 시간 때문이겠군요."

"맞아요. 여기서 더 시간을 끌면 강윤 팀장에게서 이사들이 민진서를 빼낼 궁리를 할 테니까요. 특히 정현태 이사가 단단히 벼르고 있습니다. 물론 내가 막을 거지만 이 팀장이 연기자 파트까지 담당하는 건 월권 소지가 있어요. 이 팀장이 민진서를 발굴했고 지금 회사에서 탁월한 성과를 냈기에 그쪽에서도 할 말은 없지만…… 이후 회사에서 이 팀장의 입지가 줄어들 수 있어요. 난 앞으로의 일을 생각하면 그러지 않기를 바랍니다."

이현지 사장의 말은 어려웠지만 결국 민진서를 데리고 빨리 성과를 내서 이사들에게 떡하니 '내가 잘해서 이 정도 성과가 났다'는 걸 보여주라는 이야기였다. 그리하면 그 누구도 건들지 못할 명분이 생긴다는 이야기니 말이다.

강윤은 이현지 사장의 이야기를 끝까지 듣고 씩 미소 지었다.

"사장님께선 걱정하지 않으셔도 됩니다."

"무슨 말이죠?"

"이미 준비는 다 돼 있습니다. 더 이상 사장님이 민진서 일 때문에 신경 쓰이지 않도록 하겠습니다."

이현지 사장은 강윤의 자신감에 잠시 고개를 갸웃거렸지만, 곧 고개를 끄덕였다.

강윤은 지금까지 기대 이상을 보여주었고 더 기대하게 만들었다. 그녀는 이번에도 그가 뭔가를 보여줄 것이라고 굳게 믿었다.

5화
키스를 부르는 소녀

하루 일과를 마친 강윤은 모처럼 일찍 퇴근했다. 공연이 끝나고 난 이후, 모처럼 만의 칼퇴근이었다.

지옥철을 뚫고 집에 가니 희연이 반갑게 맞아주었다.

"오빠, 다녀오셨어요?"

"응. 병원은 잘 다녀왔고?"

"당연하지."

강윤은 도착하자마자 희연에게 병원부터 물었다. 그녀는 당연히 잘 다녀왔다며 강윤의 등을 한 번 딱 치곤 안으로 이끌었다.

이젠 동생의 얼굴도 밝고 잘 지내는 것 같아 강윤도 안심이 되었다. 그래도 강윤은 희연에게 하루라도 빨리 신장 이식을 받게 하고, 하고 싶은 일들을 마음껏 하며 살게 해주고 싶었다. 항상 마음 한구석에 걸려 있는 숙제였다.

저녁을 먹은 후, 원래대로라면 신문을 보거나 희윤과 이야기를 할 강윤이었지만 오늘은 일정이 있었다. 잠시 집에서 쉰 강윤은 간단히 머리를 매만지고 바로 현관을 나섰다.

"술 너무 많이 마시지 말고."

"희윤이도 일찍 자. 문 잘 잠그고."

강윤은 희윤에게 신신당부를 하곤 집을 나섰다. 이미 남들은 잠자리에 들었을 시간이었다. 강윤도 쉬고 싶었지만, 택시를 타고 약속 장소가 있는 서초로 향했다.

'여기인가?'

강윤이 약도를 보고 도착한 곳은 서초의 한 작은 술집이었다. 작은 건물이었지만 매우 깔끔하고 조명이 화려한 곳이었다.

문을 열고 들어가니 여자 한 명이 다리 한쪽이 트인 원피스를 입고 술잔을 기울이고 있었다. 술집 안에는 그녀와 바텐더를 제외하곤 아무도 없었다.

"헤이, 강윤이!"

여자가 강윤을 보자마자 손을 흔들었다. 강윤은 여자의 굵은 손을 마주하자 그녀의 옆자리에 착석했다.

"또 다 빌린 건가요?"

"방해되는 건 질색이거든."

"여전하시네요, 누님은."

"많이 번 사람은 많이 써줘야 하는 거야. 안 그래?"

여자는 어깨를 으쓱였다. 그러자 통실한 목살이 함께 잡혔다. 지나가는 사람들이 한 번씩은 돌아볼 만한 거대한 그녀였지만 강윤은 아무렇지도 않은지 바텐더에게서 술을 받아 그녀와 부딪쳤다.

"오랜만이야, 강윤이. 반가워."

"저도요. 하여간 태진 누님은 여전하시네요."

"왜? 여전히 아름다워?"

"그건 아닌 것 같네요."

"그렇게 솔직하면 강윤이, 결혼하기 힘들걸?"

대놓고 디스를 하는 강윤이었지만 그녀는 피식 웃을 뿐 크게 뭐라 하지 않았다. 물론, 강윤이 자신의 팔뚝보다 두꺼운 팔뚝을 보며 아름답다고 거짓말을 하는 것도 무리가 있었다.

그녀의 이름은 송태진, 최근 가장 잘나가는 드라마 작가로 로맨스 드라마의 최고봉으로 이름을 높이는 작가였다. 강윤과는 매니저 시절부터 인연이 되어 지금까지 이어져 오고 있었다.

"동생도 낫지 않았는데 결혼이 문제겠습니까."

"여전하네. 동생 빠돌이 새끼. 요즘에 너같이 사는 놈이 어디 있냐, 찐따같이."

"여기 있잖습니까."

"미친놈."

기분이 나쁠 만도 했지만, 강윤은 익숙했는지 잘 흘려 넘겼다. 그에겐 익숙한 말들이었다. 그녀의 입은 거칠었지만, 강윤은 잘 넘기며 그녀와의 대화를 잘 끌어 나갔다.

사적인 이야기가 한참 계속되었다. 송태진 작가는 강윤을 만난 게 무척 반가웠는지 이야기를 쉴 새 없이 늘어놓았다. 대부분 업계 이야기였다. PD가 시나리오를 받더니 이 장면은 구도가 힘들다며 싸웠다는 이야기부터 이런 장면에 어떻게 PPL을 넣느냐며 기획사와 한바탕했다는 등 그녀는 무용담을 열심히 이야기했다.

강윤은 그녀의 잔을 채워주며 업계 이야기를 귀담아들었다. 그녀의 말에는 연예계의 중요한 이야기들이 주욱 흘러가고 있었으니 말이다.

"강윤이, 오늘 만나자고 한 이유가 뭐야? 나 애인 만나려고 했는데."

송태진 작가는 볼이 발그레해졌다. 안타깝게도 그리 보기 좋은 그림은 아니었다. 그러나 강윤은 부드럽게 받아주었다.

"제가 방해한 건가요."

"그런 건 아닌데. 뭐, 부르면 와야지. 우리 강윤이가 불렀는데. 그치?"

"그렇게 생각해 주시면 고맙죠. 사실은 사람 좀 꽂아 달라 부탁하러 왔어요."

"청탁?"

송태진 작가는 의외라는 표정을 지었다. '강윤이 네가?' 그녀는 이런 표정을 짓고 있었다. 잘나가는 작가이긴 했지만, 그녀는 누군가를 드라마에 추천하거나 힘을 쓴 역사가 없었다. 청탁을 받은 적은 많았지만 철저하게 자기 생각대로 시나리오를 썼고 어울리는 배우의 이미지까지 마음대로 적어서 주었다. 누군가의 영향을 받기 싫다며 누구의 이야기도 듣지 않았다.

"별일이네. 뭔가 듣고 온 거야?"

"저희 애들 중에 좋은 애가 있어서요. 마음에 드실 겁니다."

그러나 강윤의 말과는 다르게 그녀의 표정은 좋지 않았다. 실망했다는 게 표정에 역력히 드러나고 있었다.

"⋯⋯뭐, 강윤이 네 말이니 보기나 하자."

그녀는 큰 기대는 없는지 심드렁했다. 그런 반응에도 강윤은 변함없는 표정으로 가방을 뒤적여 노트북을 꺼내 들었다.

"준비를 많이 해왔나 보네? 노트북도 들고 오고?"

"당연한 거죠. 마음에 드실 겁니다."

"뭐, 그래."

네가 말하니까 한번 봐줄게.

그녀의 모습은 그랬다. 아닌 게 아니라 강윤이 아니라 다른 사람이 말을 꺼냈으면 당장 자리를 박차고 일어났을 그녀였다.

강윤은 영상을 재생했다. 곧 한 소녀의 영상이 재생되었다. 일인극을 하는 소녀의 영상이었다.

"얘는 그 애잖아? 인터넷의?"

"맞아요."

"나 얘 알아. 키…… 아, 키스를 부르는 소녀!"

송태진도 최근 화제가 된 영상을 알고 있었다. 작가에게 최근 트렌드를 아는 건 매우 중요했다. 인터넷 검색은 물론 독서에 각종 잡지식은 항상 꿰고 있어야 했다. 난데없이 등장해 각종 인터넷 동영상을 휩쓸고 있는 '키스를 부르는 소녀'를 그녀가 모를 리 없었다.

"허, 강윤이. 지금 이 애를 나한테 꽂겠다는 거야?"

"네."

"하하하하하하하!"

그녀는 술집이 떠나가라 웃었다. 사람이 없어 주변이 마구 울렸다. 웃음소리가 메아리쳐 사방을 메우자 강윤은 침을 꿀꺽 삼켰다. 지금이 가장 중요한 순간이었다.

'이 시기에 나올 드라마가 누님이 쓰는 '별들의 속삭임'이다. 그 드라마에서 가장 필요한 역할이 남자 주인공의 여동생이다. 아역 배우는 많지만, 연기력과 이미지가 문제가 될 터. 사랑스러우면서 어린, 그러면서 지켜주고 싶은 그런 역할을 어떤 사람이 맡아야 할지 고민이 많았겠지. 민진서는 거기에 딱 들어맞는다. 이건 무조건 통해.'

물론 과거를 안다고 사전 조사를 안 한 건 절대 아니었다. 정보를 수집했고 확신이 있어 이곳으로 왔다.

'별들의 속삭임'은 과거 시청률 29%를 기록한 좋은 드라마였다. 강윤의 과거에 민진서는 '별들의 속삭임' 오디션에서 떨어진 게 가장 아쉽다며 고백을 했었다. 높은 시청률을 기록했지만 옥의 티는 남자 주인공의 여동생이었다. 박느리는 배우가 역을 맡았었는데 외모는 나무랄 데 없었지만 몰입이 안 되는 연기로 혹평이 쏟아져 시청자들로부터 채널 돌림이라는 외면을 받았으니 말이다.

잠시 생각하던 송태진은 차분히 답을 시작했다.

"강윤이, 혹시 나 저격하는 거야?"

"마음에 드셨나요?"

"허…… 청탁도 가끔 받을 만하네. 혹시 주연 청탁 같은 건 아니지?"

"물론이죠. 어디든 상관없어요."

"오올. 내가 엑스트라에 넣으면 어떡하려고 그래?"

"에이, 누님이 보석을 돼지에게 던질 사람은 아니잖아요."

송태진은 까칠하게 말했지만, 속으론 쾌재를 부르고 있었다. 말은 하지 않았지만 이미 민진서가 어떤 역을 하면 좋을지 계산을 다 마친 상태였다.

그녀는 캐스팅된 배우들에겐 이의가 없었지만 남자 주인공의 여동생에게만은 큰 실망감을 안고 있었다. 그런데 강윤이 떡하니 민진서를 데리고 오니 속이 시원해지는 기분이었다. 민진서의 외모야 말할 것도 없고 저 사람들을 단번에 끌어들이는 연기력까지 있으니…… 저런 배우라면 환영을 안할 수가 없었다.

"좋아좋아. 일단 오라고 해. 내가 파업을 하는 한이 있어도 꽂아 넣는다. 무조건!"

"파업은 하지 마시고요. 데이트하시려면 돈 많이 들잖아요."

"하하하하하!"

송태진은 턱살이 흔들리도록 신나게 웃었다. 고민하고 있던 부분이 시원하게 해결되고 나니 속이 아주 후련해졌다. 이후 들어가는 술들은 더더욱 단맛이 났다.

"그런데 너 연기자 담당이었어? 원래 가수들만 해왔었잖아. 요즘 날리고 있다고 들었는데."

"이번만이에요. 다음부터는 가수만 해야죠."

"호오. 그 정도야, 이 애가? 강윤이 한눈을 팔 정도로?"

강윤은 웃으며 고개를 끄덕였다. 민진서의 미래를 아는 강윤은 확신할 수 있었다. 이대로 민진서가 잘 성장해 주면 엄청난 배우가 된다는 것을 말이다.

"알았어, 알았어. 나도 잘해볼게. 그럼 마시자, 마셔!"

"……아, 그만. 저 내일 출근입니다."

"마셔마셔. 누님이 주는 술이야."

새벽이 넘은 시간.

강윤은 송태진이 병째로 내주는 술을 마시느라 죽을 맛이었다.

MG엔터테인먼트의 정기 이사회의 날.

오늘은 특히 핫한 안건이 올라와 이사들이 열을 올리고 있었다.

"이강윤 팀장의 능력은 인정합니다. 그러나 민진서는 배우입니다, 배우! 가수와 배우는 엄연히 육성하는 방법이 다르고 마케팅하는 방법이 다릅니다. 이강윤 팀장을 위해서라도 민진서는 다른 곳에서 맡았으면 합니다."

유경태 이사가 안건을 제시했다. 그는 작은 키에 큰 안경이 돋보이는 사람이었다. 그러자 다른 이사들도 손을 들고 재청을 외쳤다.

'역시……'

이현지 사장은 고개를 절레절레 흔들었다. 마치 이럴 줄 알았다는 표정이있다.

"안건을 상정합니다. 말씀하세요."

안건이 상정되자 김진호 이사가 이야기를 시작했다. 그는 원래 일본 진출 프로젝트를 담당하고 보고서를 냈다가 원진문 회장에게 리턴당한 이력이 있는 이사였다. 덕분에 일본 진출 프로젝트를 성공시킨 강윤에게 좋은 감정이 있을 리 없었다.

"원래 MG엔터테인먼트는 가수, 연기자 연습생은 나누어서 운영하고 있었습니다. 마케팅도 마찬가지였죠. 그런데 이강윤 팀장이 걸그룹 프로젝트를 시작하고 민진서까지 담당하면서 기존 질서가 퇴색되었습니다. 공연팀, 차기 걸그룹에 이어 연기팀에까지 손을 뻗치니 기존 연습생들도 이런 모습에 혼선을 느끼고 있습니다. 이대로 가면 기존에 만들어놨던 질서들이 다 무너질 우려가 있습니다."

김진호 이사는 작은 이유를 큰 붕괴까지 이어갔다.

기존 연습생들과는 완전히 다른 대우를 받고 있는 걸그룹 프로젝트의 연습생들과 민진서는 연습생들에겐 부러움과 질투의 대상이었고 강윤의 눈에만 들면 데뷔까지는 스트레이트라는 우스갯소리까지 돌고 있으니 질서 운운하는 게 완전한 헛소리는 아니었다.

그의 말에 동의하는지 바로 이한서 이사가 말을 이었다.

"게다가 예산 사용이 기존 신인 프로젝트들보다 많습니다. 이제 초기를 넘어 중기로 가고 있지만, 예산 사용은 거의 프로젝트를 결산할 때 들어가는 비용에 버금갑니다. 이강윤 팀장이 능력 있는 건 사실이지만 이런 예산 사용은 월권이 아닐까요?"

이사들은 신이 났다. 이현지 사장의 힘을 키워주던 강윤이 회사에서 입지를 높여 원진문 회장의 신뢰를 두텁게 쌓는 게 눈꼴셨던 그들이다. 혹시라도 지분이라도 생겨 임원이라도 되면 어쩌나 하는 생각까지 했으니 말이다. 그들은 이때다 싶어 싹을 잘라 버리려 했다.

이사들이 강윤에 대한 의견들을 계속 올리고 이야기를 이어가자 원진문 회장은 조용히 손을 들었다. 그러자 모두가 열을 올리다 침묵했다.

"직접 본인에게 듣는 게 어떻겠나?"

이사들은 모두 그렇게 하자며 열을 올렸다. 모래알 같던 그들이 이강윤이라는 적 앞에 하나로 뭉쳤다. 이익을 위한 단합력은 무시무시했다.

원진문 회장의 비서가 강윤에게 연락하고 이사회의는 잠시 휴정을 했다.

"회장님. 괜찮을까요?"

이현지 사장이 회장실에서 홀로 담배를 태우고 있는 원진문 회장에게 조심스레 물었다. 이미 강윤에게 준비하고 있는 게 있다고는 들었지만, 걱정이 안 될 수는 없었다.

"이 사장."

"네, 회장님."

"난 중립이야. 어느 편도 아니네. 알고 있지?"

"알고는 있습니다만, 이건 월권입니다."

외부의 돌에 내부의 돌이 잡음을 내고 있다. 이현지 사장은 이건 아니라며 고개를 내저었지만 원진문 회장은 냉정했다.

"이미 이 팀장도 알고 있다 하지 않았나. 사실, 갑자기 그의 위치가 높아지긴 했지. 일본 프로젝트에 공연팀, 신인프로젝트, 이번엔 배우까지. 누가 위협을 느끼지 않겠나. 내가 이사라도 위협을 느끼겠어. 물론 나라면 같은 편으로 만들겠지만."

원진문 회장이 생각하는 강윤은 편협하지 않았다. 그가 아는 강윤은 중심이 있는 사람이었다. 그 중심에 어긋나지 않는다면 누구와도 손을 잡을 수 있고 놓을 수도 있었다. 이사들은 그걸 잘 모르는 듯했다.

"이제 올 때가 됐지?"

"네, 회장님."

"가보세나."

외근을 나가 있던 강윤이 올 시간이 되자 원진문 회장과 이현지 사장은 다시 회의실로 내려갔다. 내려가니 이미 강윤이 도착해 모두를 기다리고 있었다.

"안녕하십니까?"

"왔는가. 바쁜데 미안하네."

"아닙니다, 회장님."

강윤은 원진문 회장을 비롯한 모두에게 인사를 하곤 앞에 섰다. 그걸 기다렸는지 바로 이사들에게서 공격이 쏟아지기 시작했다.

"이 팀장, 바쁜데 오게 해서 미안하네. 오늘 이곳에 오라고 한 건 몇 가지 의혹을 해소하기 위해서야."

"의혹 말입니까? 의혹은 의심한다는 뜻인데 제가 의심을 살 만한 행동을 한 게 있습니까?"

정현태 이사의 기를 죽이려는 첫 말에 강윤도 기죽지 않았다. 회사 최고의 의결자들인 이사들 앞이면 겁을 먹을 만도 한데 강윤은 전혀 그런 모습이 없었다. 아니, 오히려 당당했다. 정현태 이사는 입술을 깨물다 결국 헛기침을 했다.

"흠흠. 그래, 단어 선택에 오류가 있었군. 질문에 답변을 부탁하네."

"알겠습니다. 말씀하십시오."

"먼저 예산에 대해 질문하겠네. 지금까지 걸그룹 프로젝트에 들어간 예산이⋯⋯."

정현태 이사는 프로젝트에 지금까지 들어간 예산들을 보여주며 이전의 가수들에 비해 왜 이렇게 예산이 많이 들어갔는지를 집중적으로 물었다. 강윤은 필기까지 하며 차분하게 질문들을 들었다.

'청문회구만.'

잘나가는 사람은 주변의 질투를 사게 마련이다. 성공을 거듭하게 되면서 강윤은 조금씩 이런 질투에 대비해 왔다. 철저하게 일하고 오랜 시간을 투자한 것도 이런 이유가 있었기 때문이다. 강윤은 질문을 모두 듣고 차분히 답을 시작했다.

"예산이 기존 가수들보다 많이 들어간 이유는 세 가지입니다. 첫 번째는 비교 대상이 된 사례는 2004년입니다. 지금과 물가가 다릅니다. 같은 비용을 투자해도 예산이 차이가 날 수밖에 없죠. 두 번째는 숫자의 차이입니다. 저희 멤버는 6명입니다. 그때는 3명이었죠. 차이가 나는 건 당연합니다. 세 번째는 과거와 달리 지금은 준비해야 하는 것이 많습니다. 그때는 예능 같은 분야는 투자하지 않았죠. 하지만 지금은 예능, 외국어 등 다양한 방면에 투자해야 합니다. 이만하면 답변이 되었다 생각합니다. 그리고 무엇보다도……."

강윤은 잠시 숨을 고른 후, 차분히 말했다.

"저는 이사님들과 사장님, 회장님의 승인을 항상 받고 예산을 집행했습니다. 여러 분야에 투자해야 하니 이런 예산을 청구한다고 했습니다. 여기 계신 이사님들께서도 사인을 해 주셨습니다. 여기 그 증거 자료들입니다."

강윤은 준비해 온 서류들을 모두에게 돌렸다. 사장, 회장 사인부터 이사회의가 필요한 안건에서 승인된 서류들까지 예산에 대한 서류가 모두 있었다. 예산 통과 당시 프로젝트의 성공과 더불어 이후 더 잘해 보라는 분위기가 겹쳐 예산 관련 결재들이 빠르게 통과되었었다.

이사들의 얼굴이 단번에 붉어져 버렸다. 철저한 준비의 승리였다.

정현태 이사는 본전도 못 뽑고 자리에 얼른 앉아버렸다. 아니, 고개도 들지 못했다. 결국, 자기가 결재한 걸 가지고 부하 직원에게 뭐라 한 꼴이 돼버렸으니 민망했다. 동조했던 이사들도 헛기침하며 민망함을 달랬다.

그러나 이사는 많았다. 그중 뻔뻔한 사람도 있었다. 문광식 이사였다.

"역시, 이강윤 팀장은 철저하군. 우린 예산이 이렇게 많이 쓰인 게 걱정되어서 다시 확인하고 싶었을 뿐이야. 제대로 집행되고 있다니 다행일세. 확인시켜 줘서 고마워."

"아닙니다."

뻔뻔스러운 처사였지만 강윤은 내색하지 않았다. 지금 중요한 건 다음 질문이었다.

"이번에 묻고 싶은 건 연기팀에 대한 거네. 이 팀장은 공연팀과 가수팀을 담당하고 있네. 그렇지?"

"맞습니다, 이사님."

"그럼 민진서 연습생은 어떻게 되는 건가? 이 팀장이 공연팀, 가수팀을 전담하는 걸로 알고 있네만 민진서 연습생은 연기팀 소속 아닌가?"

민진서는 네 소속이 아니니 그만 참견하고 내놔라, 이런 말이었다.

'뜰 것 같으니까 욕심을 부리는군.'

강윤은 문광식 이사에게서 욕심을 볼 수 있었다. 확실히 민진서는 물건이었다. 강윤으로 인해 알게 되었지만 여기 있는 모두가 그 정도 판단력은 있었다. 민진서의 동영상은 사람들을 계속 끌어모으고 있었고 데뷔 이후 더더욱 많은 사람을 끌어올 것이란 걸 말이다.

"민진서는 현재 제가 담당할 업무이기도 합니다."

"두 개도 만만치 않은데 세 가지나. 일 욕심이 과하다는 생각이 드는군, 이 팀장. 과중 업무는 실수를 불러오게 마련이야."

문광식 이사는 강윤을 노려보았다. 강윤이 이렇게 노골적으로 나올 줄은 몰랐다. 다른 이사들도 마찬가지였다. 그들은 웅성거렸고 이현지 사장이 나서야 간신히 진정되었다.

이사들이 진정되자 문광식 이사는 코웃음을 치며 말했다.

"그렇다면 연기팀을 담당해야 하는 이유가 무언가? 회사의 시스템까지 해치면서 말이지."

"먼저 어느 부분에서 회사 시스템을 해쳤는지를 묻고 싶습니다. 제가 누구를 편애했습니까? 철저하게 회사 시스템 내에서 선발했고 회사의 기준에게 맞게 선발을 했습니다. 제가 선발한 기준은 기존에 보고서로 다 제출했습니다. 바로 자료로 제출할 수도 있습니다."

"선발 과정에 잡음이 끼니까 소문들이 돌지 않나. 아래 애들이 선발한 아이들을 시기하니까……."

"그럼 제가 시기하는 아이들까지 챙겨야 하는 겁니까? 사촌이 땅을 사면 배가 아픈 법인데 제가 사람 마음마저 컨트롤할 수는 없잖습니까."

문광식 이사는 할 말이 없었다. 생각해 보니 강윤은 회사의 시스템을 함부로 어긴 적이 없었다. 민진서를 선발했을 때도 검증을 거쳤다. 만약 민진서가 뜰 만한 재능이 없었다면 인터넷에서 그만한 화제를 불러일으켰을까?

전혀 그렇지 못했을 것이다. 이미 강윤은 이런 내용들을 다 정리해서 제출했고 이사들도 봤던 부분이었다.

강윤은 차분히 이야기를 계속했다.

"연기팀에 대해 월권 요소가 있는 건 맞습니다. 하지만 사전 양해를 다 구해놨고 회장님께도 승인을 받았습니다."

강윤이 원진문 회장을 보자 그는 고개를 끄덕였다. 원진문 회장이 승인했다니, 그래도 문광식 이사는 필사적으로 할 말을 찾았다.

"그래도, 세 가지 업무를 하면 효율이 떨어지잖나. 그럼 일의 질이 떨어질 테고. 그렇다면……."

"저도 그게 걱정이었습니다. 이사님이 절 걱정해 주신 점, 먼저 감사드립니다."

문광식 이사가 의문을 가지는 가운데, 강윤은 시선을 모두에게로 돌렸다.

"하지만 제가 민진서 연습생을 오래 돌보진 않을 겁니다.

곧 민진서 연습생이 데뷔할 테니 말입니다. 이젠 연습생이 아니라 배우가 되는 겁니다."

"뭣?!"

"시간은 1달 정도가 소요될 거라 예상하고 있습니다. 이 시간이면 인수인계로 다른 분께 넘기는 시간보다 제가 좀 더 고생하는 게 낫다고 생각했습니다. 워낙 중요한 시기라 데뷔 후 안정화될 때까지만 제가 담당하고 이후에 인수인계를 할 생각입니다."

강윤의 말에 모든 사람이 놀라 일제히 눈이 동그래졌다.

"데뷔라니, 그게 무슨 말인가?"

문광식 이사는 당최 알 수 없는 말이라는 듯 인상을 썼다. 그러나 강윤은 당황하지 않고 차분히 이야기를 풀어갔다.

"어제 아침에 연락을 받았습니다. 민진서는 SBB 방송국의 '별들의 속삭임'이라는 드라마에 주인공의 여동생 역할로 정식으로 캐스팅되었습니다."

강윤의 이야기는 이사들에게는 그야말로 청천벽력이었다. 가능성이 큰 민진서를 강윤에게서 빼앗은 후 자신들이 데뷔시켜 힘들이지 않고 입지를 올릴 생각이었는데 이미 드라마로 데뷔가 결정되어 있다니 생각도 못 한 이야기였다.

"흠흠. 아니, 벌써 데뷔라고? 아니, 민진서가 보여준 게 있었던가?"

문광식 이사의 말이 순식간에 뒤바뀌었다. 그러나 강윤은

음악의 신 2

동요 없이 말을 이어갔다.

"기존에는 가능성이었지만 지금은 오디션을 통과할 정도로 실력이 향상되었습니다."

"허……."

문광식 이사는 기가 막혔다. 강윤이 꺼내 든 카드가 데뷔라니 전혀 생각도 하지 못했다. 데뷔는 소속사에서 엄청난 일이다. 사장, 회장, 이사진들의 재결이 모두 이루어져야 하는 일이다. 그런데 강윤이 이렇게 빨리 일을 진행할 줄은 생각도 못 했다.

모두가 당황스러운 기색이 역력했다. 이때 방금 굴욕을 당한 유경태 이사가 자리에서 벌떡 일어났다.

"이 팀장! 이사회를 무시하는 건가?! 데뷔라니, 그런 큰일을 마음대로 혼자 결정하다니!"

온 회의장이 떠나가도록 소리를 질렀지만 아무도 그를 제지하지 않았다. 이사 모두가 그와 같은 심정이었다. 제대로 문책 사유를 붙잡은 것이다.

"각오해야 할 거야. 어떤 이유로든……."

"잠깐."

이사들이 으르렁거리는데, 이헌지 사장이 그들을 제지했다. 이사들의 눈에 불이 났지만, 그녀는 천천히 그들에게 손짓으로 진정하라 신호하곤 입을 열었다.

"이사회의 승인도 없이 오디션을 봤다라……. 이 팀장, 이건 징계 사유가 될 수도 있습니다."

"오디션 응모가 징계사유라…… 그렇다면 이런 큰 기회가 왔을 때 이사회만 기다리고 있어야 한다는 겁니까?"

강윤은 혀를 찼다. 이사들이 자신에게 웅성댔지만, 그는 당당했다.

이현지 사장이 자신에게 이런 말을 하는 이유가 분명히 있다는 것도 알았다. 이현지 사장이 자신의 사람이라 인식되는 강윤에게 질책성 발언을 하니 사람들도 함부로 끼어들지 못했다.

"확실한 이유가 있었다는 거군요. 말해보세요. 그 기회라는 걸 말입니다."

이현지 사장은 으르렁대는 이사들을 막으며 강윤에게 이유를 물었다. 기가 막힌 타이밍이었다. 이사들도 어서 강윤에게 말해보라며 재촉해 왔다. 이현지 사장이 같은 편인 강윤을 편들지 않는 게 이상했지만, 강윤을 물어뜯을 기회를 잡은 이사들은 속으로 쾌재를 불렀다.

강윤은 사방에서 자신을 잡아먹으려는 탐욕들을 마주했지만 차분했다.

"오디션이 이틀 전이었습니다. 갑자기 잡힌 오디션이었습니다. 이 드라마는 무슨 일이 있어도 해야 했다는 판단이 섰습니다. 민진서에게 이만큼 어울리는 배역은 없다 생각했습니다. 하지만 이사회의는 아시다시피 오늘 아침이었습니다.

보고하기에는 시간이 너무 촉박했습니다. 오디션이 코앞이 었으니 말입니다."

강윤의 말은 톱니바퀴와 같았다. 딱 맞아떨어지는 그런 톱니바퀴. 뭔가 하나 비틀어지면 다 무너지는데 그런 기색 을 찾기가 힘들었다. 유경태 이사는 잠시 생각하다 바로 물 었다.

"……백번 양보해서 시간에 대한 건 그렇다 치지. 자네 말 대로 오디션 응모 자체가 문제는 아니니까. 하지만 데뷔를 하겠다니. 이건 승인이 나야 하는, 완전히 다른 문제야. 그 래, 대체 무슨 작품이길래 그렇게 말을 하는 겐가? 공중파인 건 알겠지만 모든 공중파가 시청률이 보장되는 것은 아니지. 시청률이 나온다 해도 역할을 맡은 배우가 부각이 되는 건 아니고 말이야. 말해보게."

대체 얼마나 중요한 배역이었기에 이사들까지 무시하고 일을 진행했느냐는 이야기였다. 강윤은 바로 느낄 수 있었 다. 이 답이 가장 중요할 것이라는 걸.

강윤은 차분히 답을 시작했다.

"이번에 민진서가 출연하는 드라마, 별들의 속삭임은 송 태진 작가의 극본에 주성환 PD의 연출작입니다. 둘의 조합 은 안정된 시청률 제조기로 이미 정평이 나 있습니다."

"허…….."

유경태 이사도 송태진 작가와 주성환 PD를 잘 알았다. 특

히 송태진 작가의 드라마는 로맨스의 최고봉이라 손꼽힐 정
도로 사람들이 좋아하는 장르였다. 그 드라마에 신인이 출연
한다면 말 그대로 대박이었다.

"그, 그래. 어떤 역할인가?"

"남자 주인공의 여동생 역할입니다. 몸이 약하지만, 의지
가 강하고 오빠를 항상 생각하는 여동생이죠. 이사님들을 무
시해서가 아니라 이 배역이 민진서를 데뷔시키기 위한 최적
의 무대라 판단, 서둘러서 행동했음을 양해 부탁드립니다."

강윤은 더 이상 말이 없었다. 아니, 그뿐만 아니라 이사들
도 더 이상 시비를 가릴 말이 없었다.

이만한 무대, 배역을 위해 움직였다면 이사회의를 건너뛰
고 오디션에 응모, 데뷔하겠다고 말한 게 잘못되었다고 말하
는 것도 웃겼다. 절차를 무시하고 일을 했다고 하기엔 성과
가 너무 컸다. 그렇다고 완전히 무시한 것도 아니고, 이건 뭐
라 말하기가 모호했다. 이사들은 서로 웅성거리기만 할 뿐
더 이상 강윤에게 화살을 돌리지 못했다.

기존에 MG엔터테인먼트에서 송태진 작가의 작품을 그렇
게 따오려 했어도 모조리 실패했었건만, 오히려 이런 배역을
따온 강윤에게 칭찬이 돌아가야 마땅한 일이었다. 설사 시청
률이 나오지 않더라도 송태진 작가의 드라마에 참여한 경력
만으로도 인정을 받을 수 있다. 그만큼 배우 커리어에도 강
하게 남는 일이었다.

"……정리를 하지."

침묵을 깬 건 원진문 회장이었다.

"강윤 팀장이 서두른 점은 잘한 게 아니야. 앞으로는 주의해 주게."

"알겠습니다. 주의하겠습니다."

원진문 회장의 말에 이사들은 쾌재를 불렀다. 그의 말은 무게감이 있었다. 강윤의 잘못이라는 판결과 다름없었으니 말이다. 그러나 한국말은 끝까지 들어봐야 하는 법이었다.

"그리고 민진서는 당분간 이 팀장이 계속 담당하는 걸로 하지."

"회장님!"

유경태 이사가 소리를 질렀지만 원진문 회장이 한 번 노려보자 바로 고개를 푹 숙여 버렸다.

"여기 이 팀장만 한 결과를 내올 사람이 있나? 아니라면 나서게. 그 사람에게 민진서를 맡기겠네."

"……."

이사들 그 누구도 할 말이 없었다. 민진서를 발굴하고, 띄우고, 드라마 데뷔까지. 이사 중 누구도 강윤처럼 할 수 있다고 자신 있게 나서는 이가 없었다. MG엔터테인먼트는 가수라면 최고의 기획사지만 연기자는 초출이나 다름없었다. 사실 데뷔는 배우에게 시작이라고 말할 수 있었지만 MG엔터테인먼트로선 매우 큰 성과였다.

"이 팀장, 수고 많았어. 그리고 미안하네. 바쁜 사람을 불러내서."

"아닙니다, 회장님."

"앞으로는 필요한 회의가 아니면 가급적 부르지 않도록 하겠네. 자네가 올리는 안건은 가능하면 나와 이현지 사장이 직접 승인하는 걸로 하지. 오늘 보니 시간에 쫓기는 안건도 제법 되는 모양이던데, 이젠 우리 이사진도 의심하지 않을 거야. 안 그런가, 자네들?"

"……."

이사들은 꿀 먹은 벙어리가 되어버렸다. 지금으로선 아무도 앞으로 나설 수가 없었다. 망신살에 굴욕까지, 오늘은 이사들에게 제대로 안 풀리는 날이었다.

"그럼 이 팀장은 빨리 가보게. 바쁜 사람을 너무 오래 붙잡았어."

"먼저 가보겠습니다."

강윤은 원진문 회장과 이사진들에게 인사를 하곤 바로 밖으로 나갔다. 그의 뒷모습을 보며 이사들이 부들부들 떨었지만 더 이상 할 수 있는 행동이 없었다.

강윤이 나가고, 원진문 회장이 자리에서 일어나 슈트를 벗었다.

"경태, 현태, 광식이. 자네들은 나랑 이야기 좀 하지. 오늘 회의는 이 정도로 끝내겠네."

"……."

이름이 불린 세 이사를 제외하고 다른 이사들은 썰물같이 회의실을 빠져나갔다.

그리고 잠시 후.

원진문 회장의 찰진 한국어가 굳게 닫힌 회의실 문을 넘어 복도를 쩌렁쩌렁 울려댔다.

"이, 이게……!"

민진서는 강윤에게서 대본을 전해 받으며 팔을 부르르 떨었다. 대본 표지에는 '별들의 속삭임 1, 2화'라는 표지가 크게 쓰여 있었다. 그녀는 아직도 눈이 의심스러운지 눈을 비비고, 또 비비며 대본을 들었다 났다 했다.

"이거 꿈 아니죠? 갑자기 잠에서 확 깬다든가."

"미리 말하지만 꿈 아니다. 다음 주에 촬영이니까 확실히 외워놓도록 해. 알았지?"

"아……."

꿈이 아니라니, 아니라니!

민진서의 눈이 파르르 떨려왔다. 강윤은 데뷔라는 말에 감동하는 민진서를 보며 씨익 웃었다. 이런 풍부한 감정을 느낄 줄 아는 건 배우로서는 좋은 점이다.

강윤은 그녀가 더 연습할 수 있도록 문을 나서려 했다. 그런데…….

"진서야."

"선생님, 고마워요, 고마워. 감사합니다. 감사…… 고맙습니다. 흑……."

민진서가 느닷없이 강윤을 뒤에서 끌어안았다. 그녀의 체온이 등 뒤로 느껴지니 강윤은 당황스러웠다. 그러나 그걸 제지할 틈도 없이 강윤의 넓은 등에 민진서는 얼굴을 묻었다.

"거짓말인 줄 알았어요. 배우로 만들어준다는 말도, 데뷔라는 말도. 그런데 선생님이 다 이루어주셨어요. 정말…… 선생님은 제 은인이세요. 감사합니다, 고맙습니다……."

"이제 시작인데."

강윤은 자신을 꼬옥 휘감은 민진서의 팔을 풀은 후 뒤돌아섰다. 그리고 헝클어진 그녀의 머리를 가볍게 만져 주었다.

"우리 잘해보자."

"네! 저 선생님 같은 분은 처음 봤어요. 저 꼭……."

"꼭?"

"……말 안 할래요."

"뭐야, 싱겁게."

강윤은 어깨를 으쓱이곤 그녀의 어깨를 한번 툭 두드려 주곤 연습실을 나섰다. 열심히 연습하라는 의미였다.

'멋있다…… 아, 난 무슨 생각을…….'

민진서는 멍하니 강윤의 뒷모습만 보다가 이내 세차게 고개를 젓고는 바로 대본 리딩에 들어갔다. 앞으로는 더더욱 연습에 열을 올려야 했다.

♪ ♩♪♩ ♪♫♩ ♪

평온한 오후였다.

이현지 사장은 강윤이 준 결재 서류를 들고 회장실로 향했다.

"……이런 세밀한 데이터라니. 참 대단한 친구야, 그치?"

"저도 그렇게 생각하고 있습니다."

연습생별 데이터를 한눈에 보기 쉽도록 그래프로 정리해 놓은 보고서를 보며 원진문 회장은 만족했는지 결재란에 바로 사인을 했다. 첨부된 영상도 있었지만 그건 나중에 보겠다며 한쪽으로 밀어놓았다. 강윤을 믿기에 가능한 일이었다.

"그럼 저는 이만……."

"잠깐, 이 사장. 차 한잔할 텐가?"

이현지 사장은 멈칫했다. 이 말은 중요하게 할 말이 있다는 신호였다. 그녀는 손님들이 앉는 소파에 앉았고 곧 은은한 향을 자랑하는 차가 나왔다.

"공연팀이 생각보다 너무 잘 돌아가고 있어 기쁘네."

"감사합니다, 회장님."

"그런데 말이야, 성과는 높은데 실속이 없어. 난 그게 아쉽네."

이현지 사장은 대답을 바로 하지 못했다. 강윤이 일을 월등히 잘해줬지만, 그에 따른 돈을 제대로 받지 못했다는 말을 돌려 한 것이었다. 그녀가 난감해하는 사이, 원진문 회장은 말을 계속했다.

"저번 이사회의가 끝난 후 말이 나왔네. 공연팀이 세디와 시즌스에게 해준 일은 큰데 받은 보상은 너무 적지 않느냐는 말이었지. 여기에 이 팀장의 능력이 그렇게 뛰어날 줄은 몰랐다는 말은 변명일 뿐이라는 건 알고 있지?"

"……물론입니다, 회장님."

이현지 사장은 길게 한숨을 내쉬었다. 언젠가 나올 거로 생각한 이야기였다.

세디나 시즌스나 한 번의 공연으로 엄청난 발판을 마련했는데 그에 반해 MG엔터테인먼트가 얻은 실질적인 보상은 미미했으니 말이다. 결국 돈이 문제였다. 강윤에 대한 외부의 긍정적 평가 등은 이런 성과에 포함되지 않는 요소다. 결국, 빛 좋은 개살구였다.

"유경태 이사가 의견을 냈네. 이 팀장의 능력을 자꾸 밖으로만 돌리는 건 안타깝다, 회사에도 빛을 보지 못하는 가수들이 있는데 자꾸 남 좋은 일만 하지 말자면서 말이지. 괜찮은 생각 아닌가?"

"회장님. 강윤 씨, 아니, 이 팀장은 업무가 많습니다. 최근 민진서 업무까지 떠안으면서 업무가…….."

"아아, 걱정하지 말게. 공연팀 업무는 잠시 쉴 테니. 소중한 재원을 함부로 굴릴 수는 없는 노릇 아니겠나. 쉬는 동안 이 팀장의 몸값은 자네가 올리면 되는 일 아니겠나. 싼 업무들은 적절히 쳐내면서 비싼 업무들은 잘 조율해서 공연팀의 값을 올려보게."

"회장님…….."

이현지 사장은 달리 할 말이 없었다. 그녀는 지금 댈 수 있는 명분이 없었다. 지금까지 공연팀에 들어온 업무는 돈이 되지 않는 일들뿐이었다.

원진문 회장의 이사회와 이현지 사장의 사이를 조율하는 능력이, 그녀는 무서웠다.

"허허, 걱정하지 말게나. 이 팀장을 뺏어서 누구에게 주거나 하진 않을 테니. 다만 일본 프로젝트에서 보여주었던 이 팀장의 능력이 필요할 뿐이야."

"……알겠습니다. 그럼 이 팀장은 어떤 일을 하게 되는 겁니까?"

"디에스 음반."

"디에스? 혜린과 아리스, 그 아이들 말씀이십니까?"

이현지 사장은 침음을 흘렸다. 원진문 회장은 찻잔을 천천히 넘기며 되물었다.

"왜 그런가? 그 애들이 2집이나 냈는데 실패한 게 문제라 그런가?"

"쉽지 않은 일입니다. 이 팀장 커리어에도……."

"우리가 커리어 쌓으라고 일을 골라서 주는 건 아니지 않은가."

"……."

"이미 결정을 했어. 이 팀장도 그 애들을 어떻게 못 한다면 이제 손을 놓을 수밖에 없네. 그 애들에게도, 이 팀장에게도 이건 기회가 될 수 있을 거야. 나쁘게만 생각할 건 아니야."

이현지 사장은 단호히 말을 자르는 원진문 사장에게 더 이상 대꾸하지 못했다.

'어떤 색깔로 기획해야 할지 기획팀 누구도 감을 잡지 못하는 애들인데, 이 팀장이 잘할 수 있을지…….'

2년간 아무도 어쩌지 못한 2인조 여성 그룹을 생각하며 이현지 사장은 아득해졌다.

강윤은 컴퓨터를 끄고 사무실을 나섰다. 일을 빠르게 끝내 무려 칼퇴근이었다. 강윤은 그동안 일이 바빠 일찍 나서지 못했지만 오늘은 해가 지기 전 회사를 나설 수 있다는 행복감에 젖어 로비로 향했다.

출입증을 찍고 로비를 나서는데 엘리베이터에서 다급하게 강윤을 부르는 소리가 있었다.

"선생님!"

강윤이 돌아보니 민진서였다. 그녀는 다급하게 엘리베이터에서 달려와 그 앞에 섰다.

"진서야, 급한 일 있어?"

"헉. 헉. 선생님 오늘은 무지 빨리 가시네요."

"이런 날도 있어야지."

민진서가 알기로 강윤은 항상 늦게 퇴근하는 사람이었다. 모든 직원이 퇴근을 하고 연습생의 연습도 끝나고 나서야 퇴근을 하는 게 강윤이었다. 그런데 오늘은 해가 지기 전에 퇴근을 하니 이상하게 보일 만했다.

"저…… 선생님한테 부탁할 게 있어서 왔어요."

"부탁?"

"네. 실례인 건 아는데…… 꼭 좀 들어주셨으면 해서……."

민진서는 말하기를 망설였다. 원체 민폐를 싫어하는 그녀였다. 그래서 항상 무슨 일이 있어도 알아서 다 처리하려는 그녀였지만 오늘은 조금 달랐다.

"무슨 일인데?"

"내일 말인데요……."

"응, 내일. 촬영일이지?"

"네. 알고 계시네요?"

"당연히 알아야지. 네 일인데."

민진서는 강윤이 아무렇지 않게 말한 것에 의미를 부여하며 볼이 살짝 붉어졌다. 그러나 이내 중요한 건 이게 아니라며 바로 본론으로 들어갔다.

"내일이요…… 같이 가주실 수 있나요? 저 사실 조금 떨려서……."

민진서는 강윤의 답을 기다리며 몸을 비비 꼬았다.

평소 어른스러운 모습과는 다르게, 사춘기 소녀다운 모습으로…….

"나 원 참……. 밤 10시에 회사에 불려 오다니, 이게 무슨 일입니까?"

문광식 이사는 로비를 급히 들어오며 투덜거렸다. 오늘 이사들과 회식을 하며 1차는 술집에서, 2차는 좋은 곳에서 회포를 풀려 했건만 1차에서 다시 회사로 불려 나왔으니 기분이 좋을 리가 없었다.

"그러니까 말입니다. 에효. 연습생 하나 데뷔한다고 회사로 불려 나오다니, 참……."

김진호 이사도 별반 다르지 않은 심정이었다. 특히나 오늘은 2차에서 이것저것 많은 것을 생각했던 터라 더더욱 그랬다.

그러나 불만 표출은 로비까지였다. 그들 모두가 이사회의에서 보인 추태에 따른 징벌이라는 걸 잘 알고 있었다. 원진문 회장의 이런 짓궂은 면은 이미 이사들 모두에게 정평이 나 있었다.

회장실에 도착한 이사들은 모두 정중하게 원진문 회장에서 고개를 숙였다.

"어서 오게나. 회식 중인데 미안하게 됐어."

"아닙니다, 회장님."

정현태 이사가 고개를 강하게 내저었다. '알면서 왜 부르고 JIRAL이냐' 같은 말을 할 수도 없는 노릇이었다. 모든 이사가 괜찮다며 손을 휘저었고 원진문 회장은 만족스럽게 웃으며 TV를 켰다.

"딱 맞게 시작했군."

때마침 광고가 끝났고 드라마 '별들의 속삭임'이 시작했다. 남자 주인공, 주현진의 독백으로 시작되어 내용이 천천히 진행되었다. 요즘 트렌드에 맞춘 전형적인 사각 로맨스의 시작답게 여자 주인공과 남자 수인공, 그리고 악역들이 각자의 이야기를 전개해 나가고 있었다.

물론, 이사들에겐 자극이 부족한지 하나도 재미가 없었다.

'아침 드라마가 훨씬 재미있겠다.'

내지르는 맛이 없는 미니시리즈보다 화끈하게 머리도 잡아주고 때론 격투기도 해주는 아침 드라마가 그들의 취향에 더 잘 맞았다. 일로 접할 때와 취미로 감상할 때와는 시각이 완전히 달랐다.

"이제 나오는군."

이사들이 몰래 하품을 하는 그때, 원진문 회장이 TV를 가리켰다. 드디어 민진서가 등장하고 있었다. 남자 주인공 주현진이 민진서의 병실로 달려오는 신이었다. 장장 드라마가 40분이나 진행된 이후였다.

'아씨, 더럽게 늦네……'

'씨를 발라 버릴까. PD 누구냐, 진짜.'

민진서의 늦은 등장에 이사들은 저마다 투덜거렸다. 오늘 온 목적은 저 누워 있는 민진서 때문인데, 드라마의 삼분지 이가 지나고 나서야 등장했으니 투덜거릴 만했다.

이사들의 생각을 아는지 모르는지 TV는 무심히 드라마를 계속 진행해 갔다.

─오빠, 병원에서 달리면 안 돼.

─……수진아.

─오빠 왜 그래? 누가 죽었어? 그런 얼굴 하지 마.

하얀 얼굴로 걱정하지 말라는 듯 씩씩하게 웃는 민진서의 모습은 진짜로 병약한 여동생의 모습 같았다. 브라운관을 통한 모습이었지만 이사 모두를 드라마로 빠뜨리고 있었다.

－내가 어쨌다고. 또 이런 데서 보니까 웃겨서 그랬다.

－어어, 이거 봐라?

병실에서 쓰러진 여동생에게 슬픈 모습을 보이지 않으려는 오빠와 씩씩한 모습을 보이려는 여동생, 주현진과 민진서는 마치 진짜 남매인 양 모두를 드라마 안으로 초대하고 있었다.

그들의 신이 빠르게 지나가고 드라마는 계속 진행됐지만 둘의 연기는 긴 여운을 남겼다.

'아, 저걸 놓치다니!'

'이강윤, 저런 걸 잡다니.'

이사들은 황금알을 낳는 거위를 놓친 심정에 몸을 부들부들 떨었다. 아무리 생각해도 아까워서 미칠 지경이었다. 그동안 왜 저 보석을 알아보지 못했을까, 그런 심정에 가슴을 쳤다.

드라마, 별들의 속삭임은 주현진이 여자 주인공과 부딪치고 무슨 일이 일어나려는 찰나에 끝이 났다. 다음 화를 보게 하기 위한 편집이었다.

드라마가 끝이 나고, 원진문 회장은 그제야 이사들을 부른 용건을 이야기했다.

"이제 여론을 봐야 알겠지만 난 민진서가 확실히 뜰 거라 생각되네. 자네들 생각은 어떤가?"

"제 생각도 같습니다, 회장님. 저 연기를 보니 안 될 거라는 생각은 전혀 들지 않습니다."

이한서 이사가 얼른 답했다. 이사 중 가장 눈치가 빠른 사람답게 그는 원진문 회장의 속을 가장 빨리 긁어주었다.

'아, 씨. 저 여우 같은 놈.'

이사들 간에도 눈치 싸움이 일었다. 동료 이사들은 그런 간사함에 서로 이를 갈았다.

그걸 아는지 모르는지 원진문 회장은 이야기를 계속 이어 갔다.

"지금까지는 우리가 배우 연습생을 육성은 하고 있었지만, 성공시키지는 못하고 있었네. 인프라 부족과 노하우 부족이 원인이었지. 하지만 이젠 배우 1호가 나왔어. 그것도 앞으로가 기대되는 샛별이 말이야. 이사진들은 총력을 다해 민진서를 지원하게. 그리고 앞으로 배우 연습생들에 대한 지원도 강화하도록 하고."

"알겠습니다, 회장님."

"지원 결과는 이사회의에서 듣도록 하지."

용건이 끝나자마자 원진문 회장은 이사들을 모두 내보냈다. 결국, 하고 싶은 말은 이 한마디였다. 이사들이 작게 투덜거리며 나가는 모습이 밟혔지만, 그는 덤덤했다.

이사들이 썰물과 같이 빠져나가자 원진문 회장은 창가에 섰다.

'민진서 같은 물건을 발굴해서 적절히 배치하는 능력…….

여기 누가 그렇게 할 수 있었을까. 이강윤. 아무리 생각해도 대단해. 그가 없었다면 그 아이는 방황하다 다른 곳으로 가버렸을 거야.'

처음 민진서를 달라는 말에, 혹시 연습생에게 딴마음을 품은 것 아닌가 은연중에 의심까지 했었다. 그러나 강윤의 눈은 정확했다. MG엔터테인먼트에서 상상도 못 할 연기자의 기반을 닦아놓았다고 해도 과언이 아니었다.

'그것만 대단한 게 아니지. 이뤄놓은 것을 스스로 놓는 것. 이것도 대단해.'

데뷔 무대가 성공적으로 끝나고 시청률이 안정적으로 나올 즈음, 강윤은 민진서에 대한 인수인계를 진행하겠다고 보고했다.

안정화를 핑계로 인수인계를 미루고 성과를 챙겨도 누구도 뭐라 하지 않을 텐데, 그는 나온 말을 칼같이 지켰다. 어설프게 이야기하지도 않았다. 드라마 시청률이 안정되게 나오는 7~8화가 방영될 때라고 확실하게 못을 박았다.

'이로써 이 팀장은 알게 모르게 신뢰를 얻겠지. 적어도 자신이 한 말은 확실히 지킨다는 신뢰. 그리고 민진서 업무를 인수인계받기 위해 물밑작업도 엄청나겠지.'

민진서 때문에 이사들 사이에 다툼이 일어날 수도 있다. 이게 심해지면 회사에 누를 끼칠 수도 있는 부분이었다. 원진문 회장은 민진서를 주아와 같이 직접 관리할 생각이었다.

어차피 성과에 따른 압박이 있는 것도 아니었으니 누구도 뭐라고 하지 못할 터였다. 강윤이 잡아놓은 기반을 더 크게 확장해 일류로 만들 생각이었다.

화려한 서울의 야경을 바라보며 원진문 회장은 강윤이 바꿔놓기 시작한 MG엔터테인먼트를 어떻게 그려 나갈지를 계속 구상해 갔다.

♪ ♫ ♪♪ ♪

새로운 일을 받은 강윤은 프로젝트에 대해 상의하기 위해 사장실로 향했다.

사장실에 도착하니 이현지 사장이 이미 커피를 내놓고 강윤을 기다리고 있었다.

두 사람은 커피와 다과를 함께하며 이번에 음반을 낼 가수, 디에스에 대한 분석을 시작했다.

"춤은 나쁘지 않군요. 그런데 표정이 살지 않는 것 같습니다."

강윤은 디에스의 방송 영상을 보며 특히 표정을 주목했다. 춤은 나쁘지 않았다. 그러나 표정의 변화가 극히 없었다. 또 다른 영상에서도 마찬가지였다.

"대게 비슷한 문제들이 있군요."

이현지 사장도 강윤의 의견에 동감했다. 디에스의 멤버,

혜린과 아리스가 여성스러운 섹시한 춤을 추며 무대를 활보
하는데 눈웃음이 잘 살지 않았다. 입가의 웃음도 뭔가가 부
족해 보였다. 관객을 유혹하기 위해서는 표정이 필수였지만
두 가수에게서는 그런 어필이 부족했다.

"흠……."

영상을 보며 강윤은 고개를 내저었다. 귀에 착 감기는 노
래는 준수했다. 그러나 춤과 함께 보이는 표정은 문제가 많
았다. 더 나쁘게 말하면 질리는 스타일이었다.

"독하게 말한다면 스타성이 없다고 말할 수도 있겠습
니다."

"스타성이 없다라. 이 팀장이 보기엔 그런가요?"

"……심하게 보면 그럴 것 같습니다."

강윤은 현재 드는 생각을 솔직히 이야기했다. 영상의 두
사람은 강윤의 말마따나 사람들을 끌어당기는 매력이 없었
다. 영상의 두 여인은 관객들에게 대게 외면받고 있었다. 야
유를 받지 않으면 다행이었다. 스타성이 있었다면 관객들이
어떻게든 두 사람을 보려 했을 것이다.

공연 영상부터 연습 영상까지 여러 영상을 빠르게 돌려보
며 두 사람은 가수에 대한 여러 이야기를 나누었다.

"이 부분은 괜찮군요."

그런데 혹평을 일삼던 강윤이 한 영상에 주목했다. 혜린
과 아리스가 보이는 라디오에 출연해 노래를 부르는 영상이

었다.

"'Fly to'군요. 이 노래 좋아하는데…….'"

이현지 사장은 혜린과 아리스의 노래에 눈을 감았다. 무반
주였지만 딱딱 들어맞는 두 사람의 높은 화음이 아름다운 소
리를 만들고 있었다.

'재즈잖아? 저런 노래는 부르기가 쉽지는 않은데. 반주가
있었다면 더 좋았겠어. 아쉽군.'

강윤은 조금 다른 생각을 했다. 그러나 아쉬워할 틈도 없
이 영상은 끝이 났다.

"자, 영상은 여기까지 하고 일 이야기를 해볼까요?"

이현지 사장은 이만하면 되었다며 영상을 껐다. 강윤도 이
만하면 됐다 생각하고 가져온 서류들을 펼쳤다. 현재의 디에
스와 유행 등을 살피며 어떤 컨셉의 앨범을 낼지 생각해야
했다.

"이번 건은 어떨 것 같나요?"

"쉽지는 않을 것 같습니다."

"그 멘트는 항상 똑같군요."

이현지 사장은 강윤에게 장난을 쳤다. 강윤은 순간 민망해
져 헛기침을 했다. 그러자 이현지 사장이 가볍게 웃었다.

"사장님, 그게…….'"

"훗, 미안해요. 계속하세요."

이젠 강윤을 완전히 믿기에 이현지 사장도 여유가 생겼다.

강윤과는 같은 길을 가는 동지였다. 잘 보이지 않는 여유도 보이며 두 사람은 이야기를 시작했다.

"2집까지 낸 가수라지만 인지도가 매우 부족합니다. 다행히 팬클럽은 있지만 소수죠. 300명 안팎으로 알고 있습니다."

"흥행 참패죠. 이현상 이사가 디에스 기획 이후 고개를 들고 다니지 못하고 있으니까요."

이사들도 나름의 고충이 있었다. 이사들은 기획을 책임져야 했다. 이현지 사장이 강윤의 기획 결과에 따라 책임을 져야 하는 것처럼 이사들도 그들과 한 배를 탄 기획팀 팀장들이 담당하는 연예인의 결과에 책임을 져야 했다. 그들의 이름이 걸린 기획의 흥행 여부에 따라 회사 내의 대우가 달라졌다. MG엔터테인먼트의 문화였다.

"잘되고 안 되고는, 음악의 신에게 달린 거 아니겠습니까?"

"그래도 그 신에게 잘 보이도록 최선은 다해야겠죠?"

이현지 사장의 말에 강윤은 웃을 뿐이었다.

MG엔터테인먼트의 지하 스튜디오에서 윤혜린은 제자리를 맴돌고 있었다. 초조하게 뭔가를 기다리는 사람처럼 왔다

갔다 하는 그녀에게 김진경이 물었다.

"혜린아, 그렇게 좋냐?"

좋아하는 모습이 아니었지만, 오랜 기간 겪어온 친구이기에 저 모습이 좋아서 설레는 모습이라는 걸 잘 알았다.

"당근 빠떼루지. 이강윤, 이강윤 팀장님이라니! 주아 선배 기획해 준 그분이잖아! 완전 좋지!"

"사실 난 아직도 꿈같다. 난 계약 끝나면 식당 나가서 접시나 닦아야 하나 그 생각 했는데……."

두 사람은 아직도 꿈을 꾸는 것 같았다. 윤혜린이나 김진경(아리스)이나 회사에서 반쯤 포기한 상태였다. 2집이 완전히 실패한 이후, 스케줄도 들어오지 않았고 출근을 해도 할 일이 없었다. 기본급만 받으며 눈칫밥을 먹는 치욕은 연예인에겐 지옥과도 같았다.

"혜인아, 진경아. 준비해. 팀장님 오셨다."

"꺅!"

매니저 정찬형의 말에 두 사람은 발을 마구 구르다 분주히 움직이기 시작했다. 정리할 것 없는 테이블을 닦기도 했고 잡지들을 다시 정돈하기도 했다.

곧 문이 열리며 강윤이 들어왔다.

"안녕하십니까! 디에스입니다!"

두 여인은 강윤과의 첫 만남에서 좋은 이미지를 보이고 싶어 큰 소리로 인사를 했다. 그러나 목소리가 너무 컸는지 들어오던 강윤은 깜짝 놀라 뒷걸음질을 치다가 뭔가를 밟고 넘어져 엉덩방아를 찧고 말았다.

"팀장님! 괜찮으세요?"

김진경과 윤혜린이 되레 놀라 강윤의 손을 잡고 일으켜 주었다.

"아, 네. 괜찮습니다. 이강윤입니다."

"……."

강윤은 두 여인의 손을 잡고 일어났다. 민망함에 그녀들의 눈을 마주하기가 힘들었다.

첫 만남부터, 세 사람은 의도치 않게 재미없는 슬랩스틱을 하고 말았다.

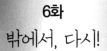

6화
밖에서, 다시!

비록 첫 만남에서 슬랩스틱을 찍었지만 이후 강윤은 디에스 멤버들과 아무렇지도 않게 첫 미팅을 시작했다.

간단한 인사와 함께 그동안 어떤 노래를 해왔는지, 하고 싶은 음악이 있는지 등 강윤은 그녀들과 주로 음악적인 색깔에 관해 이야기했다.

그러나 강윤은 불과 10분 만에 자신이 무시무시한 실수를 했다는 걸 깨달았다.

'주관이 없어!'

이것도 좋고, 저것도 좋다는 그녀들의 말을 들으며 강윤은 기겁했다. 물에 물 탄 듯, 술에 술 탄 듯이라는 식이었다. 일반적인 가수라면 하고 싶은 노래가 있어서 그 노래가 가수에게 맞는지 안 맞는지를 보는 경우가 많았는데 디에스는 그렇지 않았다.

"발라드도 좋고, 록도 좋아?"

"……네."

"댄스도 좋고, 팝도 좋아?"

"네."

"그냥 다 좋아?"

"네!"

강윤의 물음에 윤혜린이 해맑게 답했다. 이건 뭐 백치도 아니고…….

차마 해맑게 웃는 윤혜린을 쥐어박을 순 없어 강윤은 간신히 참고 말을 이었다.

"……그래, 다 좋아할 순 있지. 그런데 내 질문은 어떤 걸 하고 싶으냐는 거잖아."

"다 괜찮아요."

"…….."

'아 몰라'식 답변은 강윤을 뒤집히게 만들었다.

결국, 이들은 확실한 주관이 없다는 이야기였다. 강윤은 결국 긴 한숨을 내쉬었다.

"……알았다. 잠깐만 쉬자."

지금까지 만나온 가수들과는 다른 스타일에 강윤은 잠시 휴식을 선언했다. 생각할 시간이 필요했다. 좋게 말하면 순하고, 나쁘게 말하면 주관이 없는 가수들. 강윤은 어떻게 해야 할지 감이 잡히지 않았다.

잠시 휴게실로 올라온 강윤은 테이블에 그대로 엎드려 버렸다.

'노래를 있는 대로 받아서 제일 어울리는 노래를 찾아봐야 하나……'

나쁜 방법은 아니었다. 어차피 노래와 사람이 얼마나 어울리는지 판단하는 능력이 있으니 크게 걱정은 없었다. 하지만 이내 강윤은 고개를 흔들었다.

'그런 무식한 방법으로 언제 어울리는 걸 찾아?'

혹시나 어울리는 노래가 없다면 시간 낭비다. 바로 찾을 수 있다면 다행이지만 못 찾는다면 될 때까지 뒤져야 하니 말이다. 실마리라도 있으면 조금 낫지만 그게 아니라면 말 그대로 막노동이다. 디에스에게 할당된 예산으론 그 많은 곡을 무슨 돈으로 다 구입한다는 것도 말도 안 되는 소리였다.

'댄스하고 일반 발라드는 말아먹었……'

"앗, 차거!"

강윤이 생각에 잠겨 있을 때, 볼에 차가운 감촉이 느껴져 테이블에서 벌떡 일어났다. 일어나니 정민아가 음료수 캔을 들고 웃고 있었다.

"아저씨, 안녕하세요."

"팀장님."

"쳇. 둘밖에 없구만……. 팀장님."

아무도 없다며 주위를 둘러보며 시위하곤 정민아는 입술을 삐죽거렸다.

"여기요."

"네가 사는 거야?"

"맨날 얻어먹기만 하는 건 도리가 아니지요."

"잘 먹을게."

강윤은 정민아에게서 음료수를 받아 들곤 시원하게 땄다. 캔 따는 소리가 사방을 울렸다.

"소리 엄청 크네요."

"캔 소리 가지곤……. 민아는 쉬는 시간?"

"네. 아~ 오늘도 엄청 힘들어요……."

민아는 의자를 빼고 강윤 앞에 마주 앉았다. 정민아는 접근이 쉽지 않은 강윤에게 스스럼없이 다가오는 당돌한 연습생이었다. 연습생들에겐 동경과 선망의 대상이지만 두려움 때문에 함부로 다가가기 힘든 강윤이다. 하지만 그녀는 거리낌이 없었다.

"많이 힘들어?"

"네."

"더 힘들 때까지 해. 말할 힘 있는 거 보니 아직 에너지가 남아도는 것 같다."

"헐. 대박. 완전 사악해요."

강윤은 정민아에게 장난을 치며 피식 웃었다. 귀여운 연습

생이었다. 독한 연습생이었지만 강윤에게는 그저 귀엽기만
할 뿐이었다.

"그런데 팀장님, 무슨 고민 있으세요?"

"고민? 왜?"

"테이블에서 막 괴로워하셨잖아요."

"고민이랄 거까지야. 그냥 이해가 안 가는 게 있어서. 잠깐."

정민아도 연습생이었다. 곧 가수가 될 테고. 아직 가수는
아니었지만 하고 싶은 노래가 없을까, 강윤은 묻기로 했다.

"민아야, 너는 어떤 노래가 하고 싶어?"

"노래요? 장르 말씀이세요?"

"장르든 뭐든."

"전 노래에는 약하잖아요. 댄스곡이면 뭐든 좋아요. 비트
느린 거는 안 맞는 것 같고…….."

정민아도 하고 싶은 노래가 있었다. 개인마다 스타일이 분
명히 있었다. 강윤은 여기에 의문이 생겼다.

"민아야. 대부분 가수는 하고 싶은 노래가 있겠지?"

"그렇지 않을까요? 다만 회사에서 말하는 이야기에 따라
가수들이 맞추는 부분이 있다 들었어요. 나중에 가수가 크면
회사가 맞추기도 하지만 힘없는 가수들은…… 팀장님?"

생각나는 게 있는지 강윤이 갑자기 자리에서 벌떡 일어나
자 정민아는 당황했다.

"민아야, 땡큐! 나중에 음료수 살게!"

"팀장님! 어디 가세요? 아저씨!"

강윤은 순식간에 저만치 달려가 버렸다. 정민아가 계속 불렀지만 이미 떠나 버린 님이었다.

"디게 빠르네. 에이, 연습이나 해야겠다."

정민아는 어깨를 으쓱하곤 바로 연습실로 향했다.

♪ ♩ ♫ ♪♪♩ ♪

강윤이 헐레벌떡 달려오자 윤혜린과 김진경은 의아해했다.

"팀장님, 어디 다녀오셨어요?"

그러나 강윤은 답은 하지 않고 바로 본론을 이야기했다.

"혜린, 진경! 진짜 하고 싶은 노래 없어?"

"진짜 하고 싶은…… 노래요?"

강윤의 물음에 혜린은 망설이는지 말을 더듬었다. 진경은 침묵할 뿐이었다.

"마지막으로 물을게. 진짜로 하고 싶은 노래, 있어, 없어? 이번이 너희 마지막 앨범이 될 수도 있어. 마지막엔 하고 싶은 노래를 해야 하지 않겠어?"

강윤은 강하게 나왔다. 말 그대로 최후통첩과 같았다. 강윤은 '더 이상 입을 열지 않겠다'고 결심했는지 침묵하며 그녀들의 답을 기다렸다. 그녀들은 서로 수군거리며 둘만의 대화를 나누었다.

이윽고 김진경이 조심스럽게 말문을 열었다.

"……저는 재즈……."

모기만 한 목소리였다. 그러나 강윤은 분명히 들었다.

"재즈?"

"아……. 아니에요. 못 들은 거로 해주세요."

김진경이 얼른 수습했지만, 강윤에겐 분명히 각인되었다.

"재즈, 재즈라. 확실한 거지?"

"……."

김진경은 허둥대며 고개를 내저었지만, 강윤에겐 소용없었다. 그는 의미심장한 미소를 지으며 윤혜린 쪽으로 고개를 돌렸다. '너도 말해봐'라는 무언의 신호였다.

"저는……."

"……."

"저도 재…… 재즈요."

윤혜린도 가느다란 목소리로 이야기했다. 그러나 강윤은 확실히 들을 수 있었다.

'이래서 이야기를 하지 않았군. 지금 재즈를 부르고 싶다 하면 누가 들어주겠어. 타박부터 들어오겠지.'

강윤은 그제야 그녀들이 다 좋다고 말한 심리를 알 수 있었다. 말해봐야 소용없다. 이 심리였다.

'재즈라……. 재즈가 과연 통할까? 이게 그녀들과 맞는지

도 봐야 하고…….'

강윤이 원래 있던 2017년이라면 재즈는 충분히 통할 만했다. 재즈 밴드들이 내한 공연도 자주 가졌고 대중화가 되기 시작했기 때문이다. 그러나 지금은 2008년. 재즈가 알려지긴 했으나 사랑받는다고 보기엔 애매한 시기였다.

'아니, 오히려 더 통할 수도 있어.'

강윤은 생각을 달리 가졌다. 정통 재즈라면 쉽지 않겠지만, 디에스의 음악은 대중음악이다. 재즈풍으로 작곡하는 것이지 정통 재즈는 아니라는 말이다. 새로운 음악은 리스크를 가지지만 통한다면 하나의 트렌드를 열 수도 있다. 듣기 좋은 음악을 재즈풍으로 접근한다면 충분히 가능성이 있었다.

"재즈, 일단 해보자."

강윤은 방향을 결정했다. 기왕 하는 거, 원하는 걸 하면서 크게 놀아보기로 했다. 그러자 원래 웃는 표정이던 윤혜린과 김진경의 얼굴이 더더욱 밝아졌다. 진심으로 웃기 시작한 것이다.

"진짜 우리 재즈 하는 건가요?"

김진경이 혹시나 하는 마음에 다시 물었지만, 강윤은 확실하게 답을 주었다.

"일단 해보자. 괜찮으면 내보는 거지."

"진짜요?!"

그냥 사람 좋은 듯 웃고만 있던 김진경과 윤혜린은 진심으

248 음악의 신2

로 미소를 지었다. 지금까지 강윤과 같이 말하는 이는 없었다. 좋은 느낌이 들었다.

♪ ♩♪♩ ♪♫ ♩ ♪

"수고하셨습니다."

트레이너가 연습실을 나가며 힘들었던 단체 노래 연습이 끝났다. 소녀들 모두가 바닥에 추욱 늘어졌다. 댄스같이 엄청난 운동량을 보이진 않지만 노래도 체력전이다. 미세한 소리 차이도 트레이너들이 얼마나 귀신같이 잡아내는지 소녀들의 스트레스는 엄청났다.

"어우……. 이놈의 연습, 진짜 죽겠다."

정민아는 노래 연습에 치가 떨리는지 온몸을 부르르 떨었다. 그녀의 춤 실력은 소속사 내 연습생 중에서 최고를 다퉜지만, 노래는 춤 실력을 따라가지를 못했다. 덕분에 스트레스도 많이 받는 편이었다.

"정민아, 잠깐만."

"왜?"

"야."

"좋게 말할 때 나와라."

크리스티 안이 훤히 드러낸 정민아의 배를 베개 삼아 눕자 정민아가 으르렁거렸다. 그러나 크리스티 안은 눈 하나 깜빡

하지 않고 그대로 있었다. 정민아는 난리를 쳤지만, 그녀를 내치지는 않았다.

"그런데 에일리 언니 어디 갔어요?"

"화장실."

서한유는 보이지 않는 에일리 정의 행방을 묻자 한주연이 간단히 답해주었다.

"근데 얜 응가통에 빠졌나? 왜 이렇게 안 와?"

"그날일겨. 어제도 배 아프다고 난리였어."

정민아의 말에 이삼순이 답해주었다. 정민아는 '넌 친구 주기도 꿰고 있냐'고 물었지만, 이삼순은 어깨를 으쓱할 뿐이었다.

한참이 지나서야 에일 리가 배를 잡고 연습실로 들어섰다. 그녀의 안색이 그리 좋지 않았다.

"에일리야, 괜찮아?"

이삼순이 조심스럽게 묻자 에일리 정은 도리도리 고개를 흔들었다. 말할 기운도 없어 보였다. 이삼순은 말없이 그녀를 부축해 한편에 눕히곤 배를 문질러 주었다.

'삼순이가 자상하구나.'

정민아는 이삼순의 자상한 모습에서 주변을 돌아보는 여유라는 것을 조금씩 배우고 있었다.

강윤은 작곡가에게서 재즈풍의 곡을 의뢰했다. 일단 디에스 멤버들이 그 분위기에 맞는지 알아보기 위해서였다. 재촉한 덕분에 며칠 지나지 않아 2곡의 노래를 받아볼 수 있었다.

노래가 나오자, 강윤은 디에스 멤버들을 호출했다.

"악보 봐. 완전 복잡……."

윤혜린은 재즈 악보 특유의 복잡한 음표들을 보며 즐거워했다. 재즈의 특성상 다른 장르보다 오선지가 화려했다.

"근데 이거 어떻게 보는 거야?"

화성학을 모르는 김진경에게 악보는 그냥 콩나물에 불과했다. 그냥 샵(#)이 많이 붙고 뭔가 더 복잡해 보이는 게 멋있어 보일 뿐이었다. 김진경이 계속 악보를 보며 갸웃대니 강윤은 피식 웃었다.

"그냥 듣고 따라 부르면 되니까 걱정할 거 없어. 가이드도 일단 따놨어. 그냥 가사만 보면 됩니다, 가사만."

"역시!"

요 며칠 사이, 강윤과 많이 친해졌는지 윤혜린과 김진경은 대화에 스스럼이 없었다.

"일단 들어보자."

강윤은 가이드 곡을 재생시켰다.

─아름다운 나를~ 너에게 주었잖아, 아무런 이유 없이─!

두 사람은 어깨를 들썩이며 가이드 곡을 따라 불렀다. 전부터 관심 있던 재즈곡이어서 그런지 신이 났다. 입에 척척 달라붙는 게 노래 부르는 모습이 신이 났다.

강윤은 두 사람이 흥얼거리는 모습을 조용히 지켜보았다.

'재즈는 보라색 음표로군.'

두 사람에게서 보라색 음표가 흘러나오고 있었다. 보라색 음표는 각자 작은 하얀빛을 만들어내고 있었다.

'약하진 않군.'

하얀빛이면 긍정적이었다. 이 곡과 디에스 멤버들의 궁합이 나쁘지 않다는 말이었다. 물론 제대로 화음을 맞춰본다면 어떤 결과가 나올지는 알 수 없었지만.

"다음 곡을 들어볼까?"

강윤은 이어 다음 곡을 틀었다.

─내일은 괜찮겠지~ 작은 희망 하나로 사랑할 수 있다면~

조금 전의 노래가 통통 튀는 리듬감 있는 재즈라면 이번 곡은 여유 있는 선율의 멜로디가 강조되는 곡이었다. 두 여인은 멜로디를 흥얼거리며 음악에 집중했다.

'비슷하군.'

재즈곡이라 그런지 아까와 비슷했다. 보랏빛 음표에 하얀빛, 조금 전 모습과 크게 다르지 않았다.

노래가 끝나고 강윤은 두 여인에게 곡에 대한 감상을 물었다.

"둘 다 마음에 들어요."

김진경은 며칠 전과 완전히 다르게 주관을 똑바로 이야기했다. 윤혜린도 그녀에게 동조하는지 척 달라붙어 있었다.

"둘 다?"

"네."

가수가 노래에 욕심을 부리는 건 당연한 행동이었다. 처음의 수동적인 모습에서 적극적인 모습으로 돌아오니, 그제야 강윤의 마음이 놓였다.

"알았어. 둘 다 해보자."

"앗싸!"

"타이틀곡은 녹음해 보면서 더 괜찮은 거로 결정하자."

"네."

강윤의 말에 두 소녀는 쾌재를 불렀다.

이후, 두 소녀는 맹연습에 돌입했다. 녹음은 이틀 뒤로 결정했다. 이때까지 재즈에 어울리는 자신만의 목소리를 연구해 보라는 강윤의 숙제 덕분이었다.

디에스의 녹음 하루 전날.

강윤은 사무실에서 머리를 싸매고 있었다.

'녹음하는 것 자체가 문제는 아냐. 홍보 전략을 어떻게 짜지?'

듀엣 가수 디에스.

앨범을 2집까지 냈지만 뚜렷한 두각도 없었고 성과도 없었던 가수다. 재즈라는 콘셉트를 잡아 디지털 싱글을 출시하기로 가닥을 잡았지만 어떻게 앨범을 홍보할 것인지, 강윤은 골머리를 앓았다.

홍보팀에서도 뚜렷한 답을 내지 못했다. 기껏해야 쇼케이스인데 강윤은 이 답을 돌려보냈다. 1집도, 2집도 쇼케이스를 화려하게 했지만 뚜렷한 성과를 거두지 못했다. 하물며 디지털 싱글에 쇼케이스라니 예산 낭비였다.

'예능?'

한창 떠오르기 시작한 예능 프로그램에 나가 앨범을 홍보하는 건 어떨까? 그러나 강윤은 이내 고개를 흔들었다.

'애들이 예능에 대한 감이 없어. 하나 마나야.'

통편집의 굴욕을 당할 게 뻔했다. 그녀들은 당최 존재감이 없었다. MG엔터테인먼트 가수답게 외모 반반한 거 빼고는 말 그대로 평범한 여자들이었다. 자신들에게 날아오는 거친 장난을 잘 소화해 내는 능력이 그녀들에게는 없었다.

'앨범 판매량이 소득과 직결되는 시대는 지났지. 결국 소득과 연결되는 건 행사다. 행사, 행사라. 홍보하려면 사람들이 많이 알아야 하니까…… 대학? 대학교로 가볼까? 마침 축제도 얼마 안 남았고…….'

강윤은 각 대학 축제 일정이 기록되어 있는 달력을 꺼내 들었다. 녹음을 끝내고 본격적인 홍보 활동을 시작할 즈음과 맞물려 있었다. 시기는 나쁘지 않았다.

'축제를 활용해 보자.'

대학 축제는 모든 사람에게 오픈되는 시간이다. 지역 주민에게도, 타 학생들에게도, 심지어 직장인들에게도 말이다. 많은 사람이 대학 축제에 와서 젊음을 구경하고 간다. 다만, 축제의 하이라이트를 어느 연예인이 장식하느냐가 중요해져 유명 연예인의 참석 여부가 중요해지고 있었다. 이 때문에 학교 등록금을 잡아먹는 괴물이 돼간다는 비난이 속출하고 있지만 말이다.

대학 축제와 관련해서 이런저런 생각을 하다가 강윤의 머릿속을 스치는 생각이 있었다.

'축제 때 대학 안에서 거리 공연을 하면 되지 않을까? 한 번이 아니라. 홍보는…….'

말도 안 된다 생각하면서도 강윤의 손은 기획안을 작성하기 위한 키보드에 올라가 있었다.

디에스의 곡을 녹음하는 날이 되었다.

강윤은 예산 재가와 서류의 검토를 마치고 지하 스튜디오로 향했다. 스튜디오에서는 미리 도착해 목을 풀고 있는 윤혜린과 김진경, 그리고 이현상 이사가 기다리고 있었다.

"안녕하세요?"

"안녕하십니까."

강윤은 디에스의 책임자, 이현상 이사를 보고 의외라는 표정을 지었다. 사내에서는 잘 볼 수 없는 사람이었다. 지난번 이사회의에서도 보지 못했던 그였다.

"안녕하십니까."

"말씀으로만 듣다가 이렇게 개인적으로 뵙는 건 처음인 것 같군요. 반갑습니다."

이현상 이사는 작은 키에 단단한 체구를 가진 40대 남자였다. 서글서글한 눈매가 그를 인상 좋은 아저씨같이 보이게 만들었다. 강하고 고집 있어 보이는 다른 이사들과는 많이 달라 보였다.

"목은 다 풀어뒀어?"

"네."

"그럼 바로 시작하자."

잠시 이현상 이사와 인사를 나눈 강윤은 곧 일을 시작했다. 윤혜린과 김진경은 바로 부스 안으로 들어갔다. 지금 시각은 오후 5시. 두 사람의 컨디션이 최고로 좋을 시간이라 했다. 사전에 다 이야기하고 맞춘 시간이었다.

미리 장비 세팅이 되어 있어 녹음에 크게 시간이 소요되지 않았다. 바로 녹음이 시작되었다.

-난 따스한 봄이 좋아~!

윤혜린의 목소리가 스피커를 타고 스튜디오를 울리기 시작하자 강윤에게도 보라색 음표와 함께 하얀빛이 보이기 시작했다.

'조금 약하군.'

노래와 윤혜린과의 조합은 괜찮은 것 같았다. 그러나 뭔가가 아쉬웠다. 좀 더 강한 빛이 나왔으면 했다.

"혜린아. 다시 해볼까?"

-네.

믹서를 만지는 프로듀서도 만족스럽진 않은지 다시 주문했다. 첫술에 배부를 순 없는 노릇이었다. 다시 윤혜린의 노래가 시작되었다.

-난 따스한 봄이 좋아~ 아름다운 네가 내게로-!

좀 더 많이 진행된 녹음에 강윤은 다시 고개를 저었다. 보라색 음표에서 살짝 다른 색의 음표가 보인 탓이었다.

"다시 해보자. '봄이' 부분에서 음이 이상한데?"

-네.

프로듀서도 이상한 걸 느꼈는지 재주문을 했다.

-난 따스한 봄이 좋아~ 아름다운 네가 내게로-!

"앞부분은 괜찮다. '아름다운' 여기에 힘을 빼서 다시 해보자."

프로듀서는 착착 녹음을 진행됐다.

녹음이 계속되었지만, 강윤은 고개를 갸웃거렸다. 재즈로 바꿨으면 분명 더 나아져야 할 텐데 이상하게 많이 나아지진 않는 것 같았다.

보라색 음표가 만들어내는 약한 하얀빛은 강윤을 계속 의아하게 만들었다. 기존 디에스 노래보단 확실히 나은 것 같았지만, 만족스러운 수준은 아니었다.

조금씩 녹음이 진행되어 반절 정도 작업된 음악을 들었을 때는 이미 밤이었다.

"잠깐 쉬었다 갈게요."

프로듀서의 선언에 디에스 멤버들이 부스에서 나오고 강윤 역시 이현상 이사와 함께 밖으로 나갔다.

강윤은 프로듀서와 함께 녹음된 파일들을 들어보았다.

"이거 쓸 수 있나요?"

강윤이 묻자 프로듀서는 고개를 끄덕였다.

"나쁘진 않습니다. 여기에 편집하면 괜찮은 곡이 나올 것 같습니다."

"괜찮은 곡이라……."

프로듀서가 그렇게 말했지만, 강윤은 탐탁지 않았다. 약한 빛이 체한 것처럼 계속 마음에 걸렸다. 강윤은 원인이 무엇인지 생각하며 계속 녹음된 파일을 듣고, 또 들었다.

-난 따스한 봄이 좋아~ 아름다운 네가 내게로-!

-마법에 빠진 아이같이~

보라색의 일정한 음표, 그리고 약한 하얀빛. 강윤의 머릿속엔 이런 생각들이 계속 맴돌았다. 어느 부분이 나아지면 빛이 밝아질지, 그는 계속 고민했다.

"진경이 목소리가 약간 다른 느낌이 납니다. 시원하긴 한데 날카로운 것 같군요."

"지금 쓰는 마이크의 특징입니다. 저 마이크가 중음이 약하고 하이톤이 높습니다. 마이크마다 특징이 있습니다. 이번에 재즈풍으로 녹음한다 하셔서 저 마이크를 준비했습니다."

프로듀서의 말에 강윤은 마이크를 주목했다. 혹시 마이크와 가수의 상성이 맞지 않아서 그런 게 아닐까? 가수의 목소리에 큰 영향을 미치는 마이크는 녹음에서도, 공연에서도 무척 중요한 요소였다.

"마이크를 바꿔보죠."

"네? 지금 소리도 괜찮다 생각합니다만."

"한 번만 바꿔보죠. 원래 디에스 애들이 쓰던 마이크 있습니까?"

"디에스는 전용 마이크는 없습니다. 주아 정도나 돼야 있지……."

프로듀서는 자신의 업무에 끼어드는 강윤이 마음에 안 드는지 투덜거렸다. 그러나 강윤에게 함부로 할 수도 없었다. 그걸 알면서도 강윤은 계속 주장을 이어갔다.

"범용 마이크 다른 거로 바꿔주세요. 그걸로 가죠."

"······알겠습니다."

결국 프로듀서는 야심차게 준비한 장비들이 거부당했다며 시무룩해졌다.

"그냥 실험해 보는 거니까 마음 쓰지 마세요. 열심히 해주신 거 다 압니다. 이것저것 다 해봐야 하는 거 아니겠습니까."

강윤은 마지막 한마디를 덧붙여 주었다. 열심히 하는 사람의 기를 죽일 필요는 없었다. 하지만 열심히 하는 것과 성과를 내는 건 다른 문제다. 두 가지를 다 잡는 건 쉬운 문제가 아니었다.

휴식 시간이 끝나고, 디에스 멤버들이 다시 부스 안으로 들어갔다. 마이크가 바뀌었기에 다시 세팅해야 했다. 톤을 맞추고 난 후, 녹음이 시작되었다.

－기적 같은－ 꿈－

한 소절이었지만 강윤의 눈이 휘둥그레졌다. 빛이 강렬해진 것이다. 보라색 음표는 그대로였지만 음표가 합해져 나오는 빛은 더욱 강렬해졌다.

'마이크가 문제였어.'

프로듀서도 조금 전의 날 선 톤과는 다르게 딱 알맞게 조절된 톤이 신기한지 강윤을 바라보았다. 강윤은 그저 어깨를 한 번 으쓱일 뿐이었다. 프로듀서는 멋쩍은 얼굴로 다시 일에 집중했다. 목소리가 딱 알맞게 기계에 들어오니 신이 나서 마음껏 소리를 만질 수 있었다.

−봄날의 사랑은− 깊어만 가−

두 사람의 목소리가 알맞게 합쳐져 강한 하얀빛을 내는 후렴까지, 녹음은 일사천리로 진행되었다. 보라색 음표들이 합쳐져 강한 하얀빛을 내니 강윤도 신이 났다.

"이번 건 괜찮습니까?"

"네. 진작 바꿀걸 그랬습니다. 제 고집대로 했다가 곡까지 망칠 뻔했네요. 죄송합니다, 팀장님."

"아닙니다. 좋은 곡 부탁합니다."

프로듀서의 멋쩍은 말에 강윤은 실수를 길게 잡고 늘어지지 않았다. 그 모습이 프로듀서에게 더 좋게 비쳤는지 그는 눈을 반짝였다.

"걱정하지 마십시오. 최고의 곡으로 보답하겠습니다!"

실수했지만 책하지 않는 모습이 좋게 비쳤는지 그의 사기가 높이 올라갔다. 강윤은 그저 웃을 뿐이었다.

"준열 오빠!"

밴에 막 오르려는데 사인을 받으러 쫓아온 여성 팬에게 사인을 해준 이준열은 웃으며 공책을 건넸다.

"꺄악−! 오빠 사랑해요!"

그런데 팬이 극성이었는지 이준열을 강하게 끌어안았다.

당황할 만도 했지만, 이준열은 여유 있는 미소를 지으며 여성팬의 넓은 등을 토닥토닥 해주었다.

"감사합니다."

"흑흑……. 오빠, 사랑해요."

갑작스러운 공세가 기분 나쁠 만도 했지만, 이준열은 끝까지 여유 있는 미소를 잃지 않고 매너를 지켰다. 극성인 여성팬을 잘 진정시키고 밴에 오르니 조바심 내며 기다리던 유승철 매니저마저 감탄을 금치 못했다.

"우와, 형. 진짜 많이 변했어요. 볼수록 괄목상대(刮目相對)예요."

"닥쳐. 너 내가 문자 쓰면서 유식한 척하지 말랬지. 저런 팬들 하나 못 막고……. 에이, 아니다. 가자."

이준열은 더 뭐라 하려다 관뒀다. 이전 같으면 난리를 쳤을 일이었지만 이젠 많이 부드러워졌는지 그는 그냥 해프닝이라 생각하며 넘겨 버렸다. 그런 그의 마음을 아는지 모르는지, 유승철 매니저는 계속 조잘거렸다.

"형, 확실히…… 그때 이후로 많이 변했어요."

"뭐가?"

"이번 앨범 낸 담부터 팬들 대하는 태도도 달라졌고, 방송 때도……. 형, 멋있어요. 따봉."

"닥쳐. 남자 새끼가 징그럽게……."

"하하하."

자신에게는 거친 이준열이었지만 유승철 매니저는 그게 애정표현이라는 걸 잘 알았다. 그러기에 더 크게 웃을 수 있었다.

라디오 방송으로 데뷔 무대를 가진 이후로, 이준열은 모든 면에서 변했다. 노래에 임하는 자세는 말할 것도 없고 방송이나 팬들을 대하는 자세 등 모든 면에서 긍정적으로 변했다. 덕분에 목소리가 변했다는 평을 딛고 기존보다 더 많은 팬을 확보하며 성공적으로 컴백에 성공했다.

"내 말대로 다음 스케줄 안 잡았지?"

"네네. 10번째 물어보고 계십니다."

"오늘 처음으로 마음에 든다. 스케줄 잡았으면 다 뒤집어지는 거 알지?"

"알다마다요. 강윤 팀장님 만난다면서요."

이준열이 탄 차는 빠르게 약속 장소가 있는 신사역 인근의 카페로 향했다.

유승철 매니저는 드문드문 밴이 주차되어 있는 곳에 차를 주차해 놓고는 이준열과 함께 약속 장소로 향했다. 그런데 카페 앞에서 이준열이 그를 제지했다.

"나 혼자 갈 거야."

"왜요?"

"내 맘."

"아, 형. 무슨 이야기가 오갈지 알구요. 저도 강윤 팀장님

좋아하지만, 회사끼리 협상이 필요한 이야기가 오갈 때면 제가 있어야 한다고요."

"닥쳐. 판단은 내가 한다. 따라오면 월급 깎으라고 형한테 사주할 거다."

결국, 이준열은 우격다짐으로 밀어붙여 혼자 안으로 들어 갔다. 유승철 매니저는 따라 들어가려다 이내 헛웃음을 지으며 포기했다.

'둘이 데이트라고 하고 싶나? 준열이 형 설마……?!'

남들과 다른 취향에 눈을 뜬 건 아닌가 하며, 어처구니없는 생각을 하다가 유승철 매니저는 이내 고개를 절레절레 흔들었다. 생각해 보니 어제도 이준열은 클럽에서 신나게 놀다 왔었다.

♪ ♫ ♪ ♩ ♪ ♫ ♪

카페 안에서 강윤은 서류들과 씨름을 하고 있었다.

가로수 길의 유명 카페답게 안에는 늘씬한 모델들과 몇몇 연예인들이 커피를 즐기고 있었다. 그 안에서 서류와 씨름을 하는 강윤의 모습은 단연 튀었다.

"형!"

"왔냐?"

강윤이 일이 잘 안 풀리는지 볼펜을 질겅거릴 때, 이준열이 도착했다. 그가 손을 내밀자 강윤은 바로 하이파이브를 했다. 이젠 아주 친해진 두 사람이었다.

간단하게 인사를 하고 근황 이야기를 한 후, 본격적인 이야기가 시작되었다.

"형, 무슨 일이야? 이런 곳에서 날 다 보자고 하고?"

"일 이야기로 불렀어."

"일? 호오, 행사야? 어쩌지? 나 요즘 진짜 바쁜데."

이준열의 눈에 장난기가 어려 있었다. 강윤은 어깨를 으쓱이며 바로 이야기를 이어갔다.

"바쁘면 그만두고. 네 유명세를 조금 이용하고 싶은 거니까."

"오호? 형님이 동생에게 도움을 청한다 이거지? 좋아좋아. 말해."

이준열은 신이 났는지 강윤을 재촉했다. 강윤은 변함없이 활발한 이준열에 웃음이 나올 뿐이었다.

"하여간 변함없구나. 이번에 우리 소속사 가수가 디지털 싱글을 내거든."

"누군데?"

"디에스라고 알아?"

"아니."

이준열은 솔직했다. 유명하지 않으면 잘 모르는 그는 여전했다.

"······너답다. 아무튼, 우리 소속사에 2집까지 냈는데 잘 안된 듀엣 가수가 있어. 이번에 디지털 싱글을 내는데 피처링 좀 부탁하고 싶어서."

"피처링?"

피처링이라는 말에 이준열의 눈이 반짝였다.

"우와우! 피처링이라고? 그 디에스라는 애들 어떤 애들이야? 여자야? 예뻐?"

"······없던 거로 하자."

강윤은 고개를 저으며 자리에서 일어났다. 그러자 이준열이 그의 팔을 붙잡았다.

"에이, 형. 장난이야, 장난. 그런데 어떤 노래인데 피처링까지 필요해?"

"느린 재즈곡이야. 가수는 여자 듀엣 가수. 거기에 알차면서 음역대가 풍부한 남자 목소리가 필요해. 그래서 네 도움을 받으려 했지."

"제대로 찾아왔네."

이준열은 '나에게 맡기시라'라며 엄지손가락으로 자신의 가슴을 쿡쿡 찔렀다.

"계산은 확실히 해줄 테니까 걱정하지 마."

"에이. 우리 사이에. 나중에 형이 또 내 무대 해주면 되지."

"······그러면 내가 손해잖아."

"캬하하하."

이준열은 유쾌하게 웃었다. 강윤은 노래가 들어 있는 USB를 내밀었고 녹음 일정을 이야기해 주었다.

"그럼 그날 가면 되는 거지?"

"어."

"잘 찾아왔어. 후회하지 않게 해줄게."

이준열은 스케줄이 있다며 자리에서 일어났다. 나가면서 계산까지 하는 센스도 발휘했다. 강윤은 여전히 정신없는 이준열을 보며 너털웃음을 지었다.

'피처링은 됐고, 이젠 홍보 전략을 구체적으로 짤 때구나.'

예능을 비롯한 방송이 힘들다면 다른 전략이 필요했다. 강윤은 일하기 위해 사무실로 향했다.

♪ ♩ ♫ ♬ ♪

토요일.

학교에 남아 자율 학습을 하는 다른 친구들과는 달리 일찍 집에 가는 희윤은 교문 앞에서 의외의 인물을 만났다.

"오빠!"

그녀의 오빠, 강윤이었다. 요새 늦은 밤에야 볼 수 있는 강윤을 학교 앞에서 보니 반가움에 그에게 달려가 안겼다.

"어이구, 어이구. 다 큰 여자애가 이래도 돼?"

"뭐, 어때. 아직 주인도 없는데."

희윤의 마른 몸을 한 번 안아주곤, 강윤은 희윤과 함께 차에 올랐다.

"어? 이건 웬 차야?"

"회사 차. 업무 때문에 타고 나온 거야. 대학교에 가는 김에 희윤이 대학 구경도 시켜주려고."

"대학?"

희윤이 앞좌석에서 안전벨트를 매자 강윤은 천천히 출발했다. 7년의 매니저 생활 동안 사고 한 번 내지 않은 베테랑 운전자답게 강윤이 모는 차는 흔들림도 적었다.

"오빠가 모는 차는 처음 타보는 것 같아."

"곧 차도 살 거야. 그땐 자주 놀러 다니자."

"무리 안 해도 괜찮아. 난 괜찮으니까."

자꾸만 자신에게 뭔가를 해주려는 오빠에게 희윤은 항상 미안했다. 자신도 뭔가 해주고 싶다는 생각이 자꾸 들었다.

강윤과 희윤이 향한 곳은 동작구에 있는 한 대학이었다. 대학 주차장에 비싼 주차료를 내고 차를 주차한 강윤은 대학 이곳저곳을 둘러보기 시작했다.

"오빠, 여긴 왜 온 거야?"

강윤이 대학에 올 일이 있을까? 강윤은 일 때문에 왔다고 했는데 천천히 주변만 둘러보고 있으니 희윤은 그 이유가 매우 궁금했다.

"학생들이 어디에 많이 모이나 보려고. 그런데 토요일이라 정확하게 파악하긴 힘드네. 아, 저기다."

강윤은 학교 내 가게들에서 잘 보이고, 주변에 그늘도 있는 분수를 가리켰다. 분수를 중심으로 사람이 많이 돌아다녔고 그늘에서는 학교 캠퍼스 연인들을 위시한 학생들이 즐겁게 이야기를 나누며 떠들고 있었다.

"오빠. 저기서 공연 같은 거 하면 재미있을 것 같아."

"그래?"

"응. 조용한 음악이 흐르고 연인들은 키스를……. 꺅!"

"……."

강윤은 산으로 가는 희윤에게 가볍게 꿀밤을 먹였다.

하지만 희윤이 말한 그곳은 공연하기 좋은 곳이었다. 강윤은 카메라를 들어 바로 사진을 찍었다. 이른바 명당 체크였다.

"오빠, 저기서 뭐 하려고?"

희윤의 물음에 강윤은 웃을 뿐이었다.

"우와……! 저게 도서관이야? 사람 봐. 진짜 공부 엄청나게 하나 봐."

이내 희윤은 큰 대학 시설과 사람들의 모습에 빠져들었다. 부러움이 가득한 눈으로 사람들을 바라보는 희윤을 보며 강윤은 물었다.

"대학 가고 싶지 않아?"

"대학? 당연히 가고 싶지. 그런데 내가 공부를 잘 못하잖

아. 아직 뭘 해야 할지도 모르겠고."

"시간이 얼마나 걸려도 상관없으니까, 공부해 봐. 물론 건강이 최우선인 건 알지?"

"응."

건강해지고 있지만, 완치는 아직 멀었다. 희윤은 하루라도 빨리 건강해져 저 학생들처럼 정상적으로 생활하고 싶었다. 그리고 오빠의 짐 노릇은 그만하고 오빠의 짐을 나눠서 지는 사람이 되고 싶었다.

"가자."

그런 희윤의 생각을 아는지 모르는지, 강윤은 희윤의 손을 잡고 다시 차로 이끌었다. 다음 대학으로 향하는 길 내내 희윤은 조용히 생각에 잠겼다.

대학 캠퍼스에서 꿈을 펼치는 자신의 모습. 그날을 상상하며 말이다.

디에스의 이번 앨범을 위해 기획팀을 비롯한 전 팀원이 2층 회의실에 모였다.

그런데 팀원들 모두가 강윤의 예상치 못한 첫마디에 기겁했다.

"네에?!"

"팀장님, 제가 잘못 들은 거 아닙니까? 직접 현장에 가신 다니요?"

"제대로 들으신 거 맞습니다. 한 달간 제가 직접 디에스 애들을 현장에서 직접 챙기겠습니다."

기획팀 과장 김준선을 비롯한 섭외팀, 홍보팀 등 모두에게서 당황한 기색이 역력했다. 아니, 그뿐만이 아니었다. 특히 같이 현장에 나가야 하는 매니저팀의 얼굴은 사색이 되었다.

"팀장님이 가시면 저희는……."

디에스를 계속 담당해 온 매니저, 정찬형은 말끝을 흐렸다. 최고 책임자인 강윤이 현장에 간다면 같이 현장직인 그들로서는 감시를 받는 꼴이었다. 힘들어하는 게 당연했다.

"정 매니저님은 원래 하시던 일을 그대로 하시면 됩니다. 매니저 한 명이 추가되었다, 생각하십시오."

말은 쉬웠지만, 현장에 투입되는 사람들에겐 그렇게 들리지 않았다. 총책임자와 함께 일을 하는 건 말처럼 쉬운 일이 아니니 말이다. 물론, 강윤이 사람들을 까다롭게 다루는 상사는 절대 아니었지만, 그의 무게감은 모두에게 부담이었다.

"그럼 저희는 트위서에 집중하면 됩니까?"

홍보팀의 한정석 과장이 물었다. 강윤은 고개를 끄덕였다.

"네. 홍보팀은 당분간은 비상체제로 운영할 겁니다. 모니터링 확실히 해주시고 언론의 움직임도 주시해 주십시오. 그리고 이상한 소문 나지 않았는지도 주의해 주십시오."

"알겠습니다."

"같이 공연에 나설 세션들은 섭외되었습니까?"

강윤의 물음에 섭외팀의 권지윤 과장이 답했다.

"네, 팀장님. 말씀하신 대로 잼배와 신시사이저 섭외 완료했습니다. 한 달간 저희와 함께 모든 공연을 함께한다는 조건에도 동의했습니다."

"고생하셨습니다."

컴백 무대가 없어 방송국에 관련된 업무는 없었다. 그러나 그것을 대체하고도 남을 엄청난 양의 학교 공연들이 있었다. 게다가 실시간 모니터링까지. 디에스 앨범팀은 지금까지 해오던 방식이 아닌 새로운 방식으로 일을 접하게 되어 업무를 몇 번이나 살폈다.

"프로젝트 완료까지 두 달을 예상하고 있습니다. 안정화까지 석 달 정도 걸리겠군요. 그때가 되면 한창 여름이겠군요. 꼭 성공해서 보너스 거하게 받고 해외로 휴가 갑시다."

"네!"

강윤의 마지막 말과 함께 회의가 끝이 났다. 모든 팀이 썰물과 같이 빠지니 회의실은 텅텅 비었다.

'내일부터군.'

새로운 시도는 강윤의 의지를 다시 한 번 다지게 하였다. 창밖을 내려다보며, 강윤은 잘 해내겠다는 마음을 다졌다.

"에? 우리 밴은 어디 있어요?"

김진경은 지금까지 타고 다니던 밴이 아닌, 허름한 초록색 봉고차를 보고 당황한 기색을 감추지 못했다. 그러나 강윤을 비롯한 매니저들은 조용히 믹서와 장비들을 실을 뿐이었다. 어찌할 바를 모르는 김진경에게 정찬형 매니저가 답을 해주었다.

"당분간 밴 없어. 팀장님이 보이는 이미지도 관리해야 한다고 하셔서 당분간은 이 차를 타고 이동할 거야."

"네? 이미지하고 이 봉고차하고 무슨 상관이 있나요?"

김진경은 많이 당황했는지 평소와 다르게 목소리도 많이 커져 있었다. 그러자 정찬형 매니저는 김진경의 앞을 가로막으며 허둥댔다.

"야야! 팀장님 앞에서 조심해야지."

"아니, 이건 아니잖아요. 아무리 우리가 좀 안 나가도 그렇지……."

"그런 게 아니야. 팀장님도 우리랑 같은 차 타고 이동하시잖아. 그렇게 말하면 안 돼."

"하지만……."

김진경은 혼란했다. 그러나 강윤이 장비들을 싣고 아무 말 없이 앞좌석에 떡하니 앉으니 뭐라 말을 할 수도 없었다. 그녀는 그 모습을 보며 더 말을 못하고 차 안에 올랐다. 장비들이 차 뒷좌석에 여기저기 얽혀 있고 좌석은 불편하니 하루아침에 이게 어떻게 된 건가 싶었다.

그때 강윤이 이야기했다.

"관객들이 우리의 모든 모습을 볼 거야. 노래뿐만 아니라 우리의 세팅부터 이동 과정까지 모두. 거리 공연에 나서는데 밴을 타고 다닌다면 이미지에 맞지 않겠지? 코스프레 리얼하게 한다고 생각하고 견뎌줘."

"아……. 네."

그제야 김진경은 이해가 갔는지 작게 탄성을 냈다. 차에 대해 까칠한 그녀였지만 이런 이유라면 수긍해야 했다.

"다 같이 고생하는 거야. 힘내자. 혜린이처럼 잘 적응하면 나름 견딜 만할 거야."

강윤이 가리킨 곳에는 윤혜린이 목 베개를 하고 잠들어 있었다. 김진경은 헛웃음을 내곤 창문을 열었다. 차 안에서 나는 냄새에서 어떻게든 적응하기 위해 그녀도 노력을 시작했다.

강윤 일행이 가장 먼저 도착한 곳은 성북구에 있는 D대학이었다.

역시 비싼 주차료를 내고 학교에 차를 주차한 강윤 일행은 각자 장비들을 하나씩 챙겨 차에서 내렸다. 잠시 이동을 하니 강윤이 희윤과 함께 봐둔 포인트 지점이 있었다.

"저기서 공연하나요?"

윤혜린이 커다란 나무와 함께 정원이 형성되어 있는 광장을 가리켰다. 강윤은 고개를 끄덕였다.

"맞아. 세팅하자."

강윤의 지시에 그녀들은 척척 장비들을 세팅하기 시작했다. 그들을 따라온 잼배와 신시사이저 세션들도 각자의 악기를 놓고 자리 배치에 들어갔다.

"우와, 오늘 공연하나?"

"쟤들 누구야?"

"몰라. 근데 예쁜데?"

사람들은 생전 없던 학교 내 광장 공연이 신기한지 강윤 일행을 보며 한마디씩 하고 있었다. 멀리 떨어지지 않은 곳에서 쉬고 있던 학생들도 세팅이 이루어지고 있는 광장을 보며 신기한지 자리를 떠나지 않고 있었다.

"우와. 사람들이 우리를 보고 있네?"

김진경은 마이크 선을 강윤에게 갖다 주며 연신 사람들 쪽으로 눈을 돌렸다. 자신을 바라보는 사람들이 신기했다. 2집까지 내고도 거리를 돌아다닐 때 알아보는 사람들이 거의 없다시피 한 그녀였다. 그런데 생각지도 못하게 사람들의 시선이 몰리고 있으니 신기했다.

강윤은 사운드를 크게 틀지 않았다. 축제 기간이라고 해도 강의를 하는 사람들도 있었으니 말이다. MR 볼륨을 맞추고 잼배에 마이킹을 한 후 신시사이저의 소리를 맞췄다. 전체 소리를 맞추니 시간이 꽤 흘러 있었다.

"어? 공연인가?"

MR과 잼배, 신시사이저가 반주로 잼을 이룰 때, 주변에서 조금씩 구경하던 사람들이 모여들기 시작했다. 특히 시원한 탕탕 소리를 내는 잼배에 여학생들의 시선이 많이 꽂혔다. 이어 신시사이저의 맑은 소리가 나오자 사람들이 점점 몰려들었다. 축제 기간이라 시끌시끌한 학교였지만 라이브 음악 소리에 사람들이 끌리는 모양이었다.

'잼배 소리가 약간 투박하군.'

잼배에서는 검은 음표가, 신시사이저에서는 분홍색 음표를 비롯해 소리를 바꿀 때마다 다른 색의 음표가 나오고 있었다. 이 소리가 MR에 합쳐지니 밝은 하얀빛을 만들어내고 있었다. 강윤은 믹서를 조작했다. 잼배에 설치한 마이크에 저음을 올리고 신시사이저에 중음을 약간 줄여 쓸데없는 잡음이 나지 않게 만들었다. 그리고 전체적으로 약간 볼륨을 높여 풍성한 사운드를 연출했다. 그러자…….

'이 정도면 되겠어.'

악기들에서 나오는 음표들이 합쳐져 강한 하얀빛을 만들

어냈다. 이젠 보컬들의 차례였다.

"아아~ In to the sky-!"

"오오오!"

그런데 마이크를 맞추는데 작은 환호가 일었다. 윤혜린과 김진경은 무대에서도 잘 듣기 힘들었던 환호에 신이 나기 시작했다.

"아, 저……."

환호에 답을 하고자 마이크를 잡은 김진경은 관객들에게 뭐라 말을 하려 했다. 그때, 강윤이 말했다.

"진경아, 하던 거부터 하자."

"네?"

"마이크부터 맞추자."

무대 위의 가수는 분위기를 이끌어야지 휩쓸리면 안 된다. 살짝 흥분한 그녀를 강윤은 적절하게 잡아주었다. 김진경은 연습생 때 지겹게 들은 그 말을 생각해 내곤 강윤에게로 집중했다.

"In to the sky- 나의 마음을-!"

무반주 상태로 김진경의 강한 멜로디가 광장에 퍼져 나갔다. 자줏빛 음표가 하얀빛을 만들어 내고 있었다. 이어 윤혜린도 같은 부분으로 마이크를 맞췄다. 강윤은 음표의 약한 빛을 보곤 기계를 조작했다.

"In to the sky-!"

"와아아."

두 사람의 소리가 퍼져 나가자, 모인 이들이 아까보다 좀 더 큰 반응을 보였다. 환호가 커졌지만, 이번에는 김진경과 윤혜린은 휩쓸리지 않았다. 그녀들은 강윤을 보며 소리를 맞추는 데 집중했다.

"쟤들 괜찮다. 오오오~"

"언니들, 예뻐요!"

장난스럽게 말하는 관중도 있었지만, 김진경과 윤혜린의 집중력은 흐트러지지 않았다. 강윤도 상황을 살피며 그녀들에게 집중했다.

모든 소리를 다 맞추고 남은 건 잼이었다. 강윤의 신호에 모두가 전체 연주를 시작했다.

"내 안에 있는 너에게~ 지금 고백할게-!"

신나는 재즈풍의 멜로디가 광장에 울리자 사람들이 조금씩 모여 있던 사람들이 본격적으로 다가오기 시작했다. 신나는 음악, 아름다운 목소리는 이 대학에서 흔하게 볼 수 있는 게 아니었다.

'빛은 강하다. 좋긴 한데 이 정도만……'

악기들의 볼륨을 줄이자, 빛이 더더욱 강렬해졌다. 전체적인 균형이 딱 맞아떨어진 것이다. 소리가 맞아떨어지자 강윤은 만족했다.

'좋아!'

드디어 세팅이 끝이 났다. 이제 막 공연을 시작하라는 신호를 주기 위해 주위를 둘러본 강윤은 눈이 휘둥그레졌다.

'뭐야? 뭐 이렇게 많이 몰려왔어?!'

예상하기를 많으면 100명 정도가 모일 거로 생각했다. 그런데 강윤 일행을 중심으로 주변에 길이 보이지 않을 만큼 빽빽하게 엄청난 원이 형성되어 있었다. 적어도 200명 이상은 되어 보였다.

'팀장님…….'

윤혜린과 김진경도 예상보다 많은 인원에 당황한 모습이 역력했다. 큰 무대에 비해 많은 인원은 아니었지만 이렇게 가까운 거리에서 관객들과 마주하기는 처음이었다. 관객 숫자가 더 많게 느껴지는 게 당연했다.

두 여인이 당황한 모습이 보이자, 강윤은 자리에서 일어나 그녀들에게 다가갔다. 그리곤 조용히 속삭였다.

'혜린아, 진경아.'

'네, 팀장님.'

'무슨 일이 벌어져도 뒷일은 내가 책임질게. 하고 싶은 거 마음껏 해봐.'

'…….'

그 말에 무슨 마력이라도 있던 것일까. 윤혜린과 김진경의 떨리는 마음이 거짓말처럼 차분해졌다. 지금까지 자신들이 흔들릴 때면 거짓말같이 잡아주던 강윤이었다. 그의 말은 힘이 있었다.

디에스, 그녀들은 심호흡을 내고 준비해 온 것들을 펼치기 시작했다.

"안녕하세요. 저는 김진경."

"윤혜린입니다. 만나서 반갑습니다."

"와아아아아─! 반가워요!"

인사와 함께 터져 나온 군중의 반응은 뜨거웠다. 조금 전 밴드의 합주와 그녀들의 노래 모두가 수준급 이상이었다. 기대하며 모인 사람들의 눈빛은 '어서 노래해'를 연발하고 있었다.

"저희가 말을 잘 못해서요. 그냥 바로 노래할게요."

"하하하하."

특별한 꾸밈없이 솔직한 김진경의 말에 사람들이 웃음을 터뜨렸다. 쓸데없는 멘트보다 솔직한 모습이 오히려 매력으로 다가왔는지 사람들은 킥킥거리며 귀를 열었다.

강윤은 그녀들이 준비된 것을 보고 MR을 재생시켰다.

본격적인 시작이었다.

♩ ♪ ♫ ♪

강윤과 디에스가 D대학에서 거리 공연에 한창인 시간.

MG엔터테인먼트 홍보팀은 한창 비상이었다.

"트윗들 하고 있어?"

섭외팀의 권지윤 과장은 직원들과 트위서를 하며 인맥들을 총동원 중이었다. D대학에 다니는 동생들부터 동창, 사돈에 팔촌까지 모든 인맥을 동원하는 것은 물론이요, 본 계정과 부계정을 동원해 D대학에서 거리 공연이 있다는 것을 마구 트윗했다.

"과장님, 사진 올라왔어요. 어? 이거 우리 공연이데요?"

이아라 사원이 자신의 팔로워가 올린 사진을 모두에게 보여주었다. 사진에는 디에스의 리허설 장면이 찍혀 있었고 밑에는 사람들이 마구 퍼 나른 흔적들이 역력했다.

"이야! 트위서가 홍보에 좋긴 좋네."

권지윤 과장은 자신의 팔로워가 올린 사진을 보면서 중얼거렸다. 그녀의 팔로워는 잼배가 신기했는지 잼배를 집중적으로 찍으며 이 악기가 무엇인지를 묻고 있었다. 팔로워들은 마구 리플을 달며 거기에 답변을 해주고 있었다.

"이거 효과 있는데요?"

유선민 대리가 팔로워 숫자들을 보며 놀란 표정을 지었다. 달리는 댓글은 말할 것도 없고 좋다며 글을 퍼 나르는 숫자 또한 빠르게 증가하고 있었다.

"우리도 빨리 퍼 날라. 유 대리는 정리해서 위에 올릴 보고서 만드는 거 잊지 말고."

"네!"

홍보팀 직원들은 눈이 빠지게 트위서를 하며 상황을 주시했다.

지금까진 찬양 일색이었지만 어디서 어떤 말이 나올지 모르는 게 트위서라는 곳이다. 그들은 긴장의 끈을 놓지 않고 상황을 주시했다.

"감사합니다."

"와아아아아아아아아-!"

디에스가 부른 4곡의 노래는 순식간에 지나갔다.

공연을 감상한 사람들의 환호는 엄청났다. 학교에서 전혀 볼 수 없는 공연이 축제 분위기에 편승해 시너지 효과를 만들어내고 있었다. 게다가 그녀들의 예쁜 외모가 한몫 단단히 하고 있었다. 모이는 사람들은 계속 늘어났고 환호 소리도 계속 커져 갔다.

'한창 퍼져 나가는 모양이군.'

강윤은 사람들이 갈수록 몰려드는 것을 보며 소셜 네트워크의 위력을 실감했다. 저 멀리서 사람들이 휴대전화를 손에 들고 이쪽을 가리키며 달려오는 모습도 눈에 들어왔다. 분명 트위서를 보고 달려오는 사람들일 게 뻔했다.

디에스의 공연에서 나온 하얀빛은 관객들에게 좋은 영향

을 주고 있었다. 강렬한 하얀빛은 사람들에게 즐거움을 주고 있었고, 사람들을 강하게 붙들어 매고 있었다.

"이번 곡이 마지막 노래입니다."

"우우우우-!"

윤혜린의 말에 관객들은 진심으로 아쉬워했다. 그 모습이 안타까워 김진경이 몇 곡 더 해볼까 강윤을 바라봤지만, 그는 고개를 도리도리 흔들었다. 그러자 그녀도 알겠다며 고개를 끄덕였다.

"대신 처음 들려드리는 노래를 해볼게요. 부끄럽긴 한데……."

"와아아아-!"

타이틀곡, '봄날의 사랑'을 부르겠다는 신호였다. 강윤은 알겠다며 준비를 했다. 다른 세션들도 각자 준비에 들어갔다. 잼배는 가볍게 악기를 고쳐 잡았고 신시사이저는 소리를 세팅했다.

"생소하더라도 잘 부탁해요."

김진경이 공손히 인사하자 사람들의 박수와 함께 반주가 시작되었다.

잼배가 타당 소리를 내며 밝은 분위기를 냈고 신시사이저의 통통 튀는 피아노 소리가 사방을 울렸다.

-난 따스한 봄이 좋아, 아름다운 네가~ 내게로-!

김진경이 먼저 노래를 시작했다. 재즈풍의 잔잔하지만, 리

듬감 있는 노래에 사람들이 저절로 몸으로 파도를 타기 시작
했다. 강윤은 음표들이 만들어내는 하얀빛을 보며 긴장하고
있었다.

　–봄날의 사랑은~ 깊어만 가–

　이어 시작된 윤혜린의 파트, 하얀빛은 조금씩 고조되어 강
해지고 있었다. 빛은 스며들어 사람들의 표정을 행복하게 만
들기 시작했다.

　그리고……

　–기적 같은 –꿈!

　두 사람이 화음을 만들고 리듬이 더더욱 흥을 돋웠다. 더
불어 공연장에서 나오는 빛도 강렬해졌다. 강윤이 소리를 미
세하게 울리니 빛이 더더욱 힘을 받아 사람들에게 영향을 주
었다.

　"노래 대박……."

　"누구야? 완전 잘해."

　카메라로 찍는 이부터, 검색하는 이, 환호하는 이, 각자
공연을 즐기는 방법은 달랐다. 그러나 공연을 즐기는 것은
모두 같았다. 지금까지와는 다르게 처음 듣는 노래였지만 사
람들의 환호는 그칠 줄 몰랐다.

　'이게 노래구나!'

　그리고 그런 관객들의 환한 미소를 가까이에서 접하며 김
진경과 윤혜린도 마음이 벅차올랐다.

모여든 사람들의 앙코르의 마수를 물리치고 간신히 D대
학을 탈출한 강윤 일행은 빠르게 그곳을 벗어났다. 10분 만
에 장비를 철거하고 부랴부랴 차 안으로 돌아오는데 사람들
의 사인해 달라는 행렬이 있었다.

"아……. 팀장님, 어떡해요?"

"해줘."

강윤은 김진경의 짐까지 나눠 들었다. 가녀린 외모에 파워
풀한 목소리가 매력적으로 다가왔는지 김진경은 남자 팬들
이 줄을 이었다.

"저, 연락처 좀……."

물론 이런 팬도 있었다. 김진경이 난감하게 웃을 때, 윤혜
린이 나섰다.

"죄송해요. 그건 금지되어 있어서……."

"아, 네……."

갑자기 다가온 헌팅과 사인 공세를 물리치고 봉고차 안에
올라 출발하니 그녀들은 온몸이 노곤해지는 걸 느꼈다. 공연
은 즐거웠지만, 에너지가 쏵 빠지는 느낌이었다.

"수고했어."

"수고하셨습니다……."

앞자리에서, 강윤은 다음 공연지를 살펴보고 있었다.

"성동구로 가죠."

"K대학으로 가는 겁니까?"

"네."

로드매니저의 말에 강윤은 다음 행선지를 지목했다. 그러자 로드매니저는 빠른 길로 들어서 질주를 시작했다.

"에? 또 있어요?"

그 말에 윤혜린이 놀라 자리에서 벌떡 일어났다.

"말했잖아. 하루에 2곳은 돌아야 한다고."

"으앙……."

사람들의 반응이 아주 좋아서인지 윤혜린은 온 힘을 쏟아버렸다. 지금 온몸이 노골노골한데 또 공연이라니. 하지만 강윤에게 감히 반박할 엄두를 내지 못했다.

"팀장님, 저 잘게요……."

"도착하면 깨워줄게."

결국, 윤혜린은 잠을 선택했다. 김진경은 이미 잠들었는지 미동도 하지 않고 있었다.

'이대로 잘만 흘러가면 생각보다 오래 걸리진 않겠어. 첫 스타트를 잘 끊었어.'

뒤에 잠든 김진경과 윤혜린을 한 번 보고는 강윤은 다시 서류로 눈을 돌렸다.

정기 이사회의에 앞서 원진문 회장은 각 연예인을 담당하는 이사들에게 보고를 받는다. 성과는 어떤지, 앞으로의 계획은 어떤지 등을 보고받고 결재를 하는 것이 그의 주된 업무였다.

오늘도 그는 1분기에 큰 성과 없이 보고하는 이사에게 호통을 쳐 내보내고는 다음 보고자를 들어오게 했다.

"음? 이 사장이군. 기분 전환이 되겠어."

방금 한바탕한 여파로 원진문 회장의 얼굴은 붉어져 있었다. 이현지 사장은 행동을 조심해야겠다 생각하며 들고 온 보고서를 내밀었다.

"민진서? 그래, 민진서라면 기대할 만하지."

민진서는 결국 원진문 회장이 직접 관리하고 있었다. 서로 민진서를 차지하려고 난리인 이사들에게 민진서를 맡기는 건 시기상조였다. 강윤은 민진서에 대한 업무를 인수인계하려 했으나 결국 쉽게 넘기지 못하다 결국 회장단에서 직접 관리하게 되었다. 이현지 사장은 보고서를 작성하는 역할을 맡았다.

"좋아, 보고하게. 곧 드라마가 끝나간다지?"

"네. 현재까지 평균 시청률은 34.2%로 집계되었습니다. 드라마가 순항을 하면서 민진서의 연기도 주목을 받았고 그

영향 탓에 섭외팀에 연락이 빗발치고 있습니다.”

“대박 스타 탄생이군. 좀 더 기다리기로 하지. CF는 들어
온 게 있나?”

“여러 가지가 들어오고 있는데, 경찰청에서 제작하는 청
소년 홍보 영상부터 시작해 볼 생각입니다.”

“알겠네. 그래도 화장품 CF들은 들어오면 진행하도록 하
게. 내 생각에는 조만간 바로 들어올 것 같으니까.”

민진서에 대해 보고하니 원진문 회장은 만면에 미소를 띠
었다. 최근 가장 핫하게 떠오르는 스타답게 원진문 회장은
그녀 이야기만 나오면 즐거워했다. 회사 주식에도 선 영향이
요, 오래오래 갈 만한 어린 스타요, 민진서는 그야말로 복덩
어리였다.

“정식 계약서는 작성했나?”

“네. 이 팀장이 신신당부하더군요. 임시 계약이 되어 있지
않아 복잡한 과정은 필요 없었습니다. 재계약 때도 여기를
떠날 생각을 못 할 정도로 좋은 조건에 계약을 했습니다.”

“잘했네. 줄 때는 팍팍 줘야지.”

원진문 회장은 계약서 복사본을 보며 만족했다.

그 외 몇 가지 보고를 마치니 이현지 사장의 보고도 끝이
났다.

“그럼 이만 나가보겠습니다.”

“수고했어. 아, 자네 요즘 트위서 하나?”

"네?"

원진문 회장의 말에 이현지 사장은 의문스런 표정을 지었다. 그러자 원진문 회장이 피식 웃었다.

"으이구! 벽창호 기질은 여전하구먼. 시간 나면 트위서 깔고 디에스라고 검색해 보게."

이현지 사장은 인사를 하고 회장실을 나섰다. 강윤에게 트위서로 디에스의 거리 공연을 홍보하고 있다는 보고를 받았지만, 자신의 계정으로 들어가 보지는 않았다. 그녀는 SNS를 좋아하지 않았다.

그래도 원진문 회장의 말까지 듣고 아무것도 안 할 순 없었다. 바로 사장실의 컴퓨터를 켜고 트위서에 접속했다. 가입한 이후, 검색어에 '디에스'라고 입력했다.

'헉……!'

이현지 사장은 수많은 사람이 날린 트윗의 압박에 눈이 휘둥그레졌다. 짧은 한마디였지만 모두가 디에스의 거리 공연을 향한 말들이었다.

-D대학 공연 어땠음? 완전 대박. 재즈풍 노래 ㅎㄷㄷ…….

-I대학 2인조 뜸. 존예포스삭살. 여신임.

-Y대학에도 왔습니다. 수업에 방해된다고 교수님이 항의하러 나오셨다가 노래 같이 부르셨습니다.

-노래 완전 좋아요. 앨범 사고 싶은데 앨범이 없데요ㅜㅜ

이 사람들 모두가 디에스의 대학 거리 공연들을 보고 한마디씩 남긴 사람들이었다. 물론, 악성 댓글들도 있었다.

- 디에스 얘네 앨범 내고 망한 애들 아님? 웬 거리 공연? 코스프레 쩔. ㅋㅋㅋㅋㅋㅋㅋㅋㅋㅋㅋ
- 소속사 돈 안 줌? MG 미친 거 아님? ㅋㅋㅋㅋㅋㅋㅋㅋㅋㅋㅋ ㅋㅋㅋ
- 얘네 때문에 남친이랑 싸웠어요. 나쁜 년들. 오늘부터 안티할 거임!
- 이상한 춤 안 춤? 짤방 만들어 풀었었는데 아깝.

이현지 사장은 사람들의 반응을 보느라 시간 가는 줄 몰랐다. 디에스가 이렇게 사람들의 관심을 끈 적이 있던가?

2집까지 내고, 기사 등을 동원한 언론플레이에 예능 출연까지 했어도 그들의 기사에는 악성 댓글은 고사하고 점 하나 달리지 않았다. 그런데 이렇게 많은 사람들이 반응을 보이니 그녀는 신기했다.

'풋. 디에스 보려고 여친이랑 헤어졌다고? 미친 거 아냐?'

말도 안 되는 이야기들이 난무하는 트위서를 보며 이현지 사장은 저도 모르게 조금씩 빠져들고 있었다.

"우와……."

김진경은 마이크를 들고 가는 길에 자신을 보려 몰려드는 사람들을 보며 당황을 감추지 못했다.

"저번보다 늘어난 것 같지 않아?"

윤혜린이 자신들을 따라 이동하는 사람들을 보며 속삭이자 김진경도 동감하는지 고개를 끄덕였다.

"그러니까. 갈수록 늘어나는 것 같아."

세팅하는 와중에도 사람들은 휴대전화기로 사진을 찍고, 소리치며, 언제 하느냐며 보채기도 했다. 갈수록 사람들이 늘어가면서 반응은 폭발적이 되어갔다. 3주 만에 찾아온 엄청난 변화였다.

"라인 줘."

"아, 네."

그러나 수많은 사람의 주목을 받았음에도 강윤은 변함없었다. 무심히 그녀들에게 손을 내밀어 선을 받아가며 자기 일을 할 뿐이었다.

세션들마저 분위기에 이끌려 연주에 힘이 실리는 통에 자신마저 흥분하면 공연이 산으로 갈 수 있었기 때문이었다. 팀을 이끌어야 하는 그로선 항상 냉정해야 했다.

S대학의 광장은 동상이 서 있는 널찍한 공터였다. 대부분

단과대학으로 연결되어 있는 길목인 탓에 수많은 사람이 디에스, 그녀들을 볼 수 있었다.

"언제 시작해요?"

"빨리 보고 싶어요!"

소리를 맞추는 와중에도 성질 급한 관객들은 마구 보채고 있었다. 그녀들은 웃으며 관객들을 달래며 세팅을 해나갔다. 처음 그런 반응이 나왔을 때는 김진경이나 윤혜린이나 당황했지만, 지금은 잠시만 기다려 달라는 양해를 웃으며 구할 수 있게 되었다.

간혹 관객이 난입하는 일이 있었지만, 그때는 강윤이 나섰다. 그는 흥분한 관객을 잘 유도했다. 덕분에 디에스나 세션들이나 강윤을 믿고 공연에만 열중할 수 있었다.

이미 이 거리 공연은 하나의 거대한 물결을 만들어내고 있었다.

"안녕하세요!"

"와아아아아—!"

강윤의 신호가 떨어지자, 윤혜린이 활기차게 관객들에게 손을 흔들었다. 공연이 시작되었다. 세팅하는 중에 모인 사람들로 광장은 이미 가득 차 있었다.

'소리가 작겠어.'

강윤은 스피커 성능이 따라줄지 걱정이 되었다. 분명 뒤에 선 소리가 작게 들리고 앞에선 크게 들릴 터였다. 이미 수많은 사람이 모인 광장이다. 강윤은 세심하게 밸런스 조절에 힘을 기울였다.

디에스 멤버들은 멘트를 많이 하지 않았다. 1분도 되지 않아 바로 노래에 들어가니, 이것도 그녀들의 특징이라고 트위서에 엄청나게 올라왔다. 공연의 진국이라며 말이다.

—겨울이 소리 없이 찾아 왔지만~ 난 봄이 오길—

김진경과 윤혜린의 공연이 농익을수록, 강윤에게 비치는 빛도 더더욱 밝아졌다. 그녀들의 음표와 악기들에서 나오는 음표들이 조화를 이루고 있었다. 그러나…….

'역시, 뒤쪽으로 뻗어가질 못해.'

강윤이 보니 빛이 뒤쪽 관객석으로 뻗어 가질 못하고 있었다. 이미 스피커의 출력은 한계였다. 이 이상 올리면 하울링이 발생해 사람들이 귀를 막는 소리가 날 게 분명했다. 하지만 디에스를 볼 수도 없고 소 리도 들리지 않아 뒤쪽의 관객들이 자꾸 떠나려 했다.

강윤은 그들을 잡고 싶었다. 될 수 있으면 많은 사람이 공연을 즐겼으면 하는 바람이었다.

'중음을 줄이고…….'

우선 전체적인 중음을 줄였다. 그러자 모두에게서 음표의 빛이 약간 약해졌다. 그때, 강윤은 전체 볼륨을 더 크게 키웠다.

'좋아.'

그러자 빛이 더 멀리 뻗어가기 시작했다. 빛이 더 힘을 받은 것이다. 떠나가려는 사람들도 소리가 제대로 들리기 시작하자 하나둘 앞쪽으로 시선을 두며 핸드폰을 들었다. 사진을 찍거나 트위서를 하거나 공연을 즐기거나, 각자의 방법으로 이 시간을 즐기려 하고 있었다.

이윽고 그녀들의 노래가 끝이 났다.

"감사합니다."

"꺄아아아─!"

주변이 떠나갈 만큼 엄청난 함성이 울려 퍼졌다. 그 소리에 김진경과 윤혜린의 가슴이 북받쳐 올랐다. 다른 세션들도 기분이 업됐는지 서로의 주먹을 맞대며 이 순간을 즐기고 있었다.

"그럼 다음 곡……."

윤혜린이 강윤에게 신호하려는 그때, 관객석을 헤치며 뿔테 안경을 쓴 남자가 힘겹게 걸어 나왔다.

"공연 중에 죄송합니다. 잠시, 잠시만요."

"무슨 일이세요?"

윤혜린이 일단 침착하게 말을 건넸다. 사람들의 야유가 쏟아짐에도 그는 침착하게 앞으로 나섰다. 일반적인 난입관객은 아닌 듯했다. 강윤도 혹시 무슨 일이 있을지 몰라 자리에서 일어났다.

"저는 S대학 학생회장, 정관석이라 합니다. 저녁에 오기

음악의 신2

로 한 가수가 펑크를 내서 급히 초대 가수가 필요해서 왔습니다."

"와아!"

난입 관객인 줄 알고 야유를 보내려던 관객들이 반전을 보여준 남자에게 엄청난 환호를 보내기 시작했다.

"축제! 축제! 축제!"

디에스 멤버들은 서로의 얼굴을 보며 어찌할 바를 몰랐다. 사실, 강윤에게 듣기는 했지만, 막상 이 순간이 오자 얼떨떨해졌다.

그녀들이 어찌할 바를 몰라 강윤을 보자 그는 손가락 한 개를 들었다. 한 번 튕기라는 말이었다. 대번에 눈치를 챈 그녀들은 바로 마이크를 들었다.

"아…… 저희같이 부족한 사람들이 S대학 축제에 설 자격이 있나 모르겠어요."

김진경의 말에 관객들이 난리가 났다.

"무슨 말이야! 자격이라니!"

"충분하다!"

"충분해! 충분해!"

오히려 관객들이 더 흥분해서 분위기를 주도하고 있었다. 윤혜린은 김진경과 마주 보고 이야기했다. 아니, 정확히는 이야기하는 '척'을 했다.

'이 정도면 될까?'

'더 튕기면 안 될 듯.'

서로 합의를 보고, 윤혜린이 마이크를 들었다.

"그럼, 부족하지만 잘 부탁드립니다."

"와아아아아─!"

주변이 떠나가라 엄청난 함성이 터져 나왔다. 그 분위기에 맞춰 김진경이 이야기했다.

"그럼 이따 봬야 하니까 여기까지 해야 하지만……."

"우우! 아쉽다."

"딱 한 곡만 더 할게요."

"와아아아─!"

어느새, 그녀들은 관객들을 들었다 놨다 하고 있었다.

"잘 부탁드리겠습니다."

학생회장 정관석은 책임자인 강윤과 저녁 축제 공연에 대한 이야기를 마치곤 그 자리를 떠나갔다.

"팀장님, 어떻게 됐어요?"

김진경이 궁금해서 묻자 강윤이 답해주었다.

"4곡을 부르기로 했어. 하지만 1곡은 더 불러줘야 할 거야. 아니, 6곡이라고 생각하고 있어. 알겠지?"

"네. 목 관리해 놔야겠다."

윤혜린이 기특한 말을 하며 봉고차 안에 장비들을 집어넣었다. 오늘, 이 장비들은 더 쓸 일이 없었다. 잼배와 신시사이저는 이미 축제 공연장에 가져다 놓았으니.

공연 리허설까지 잠시 짬이 남아 모두가 차 안에서 쉬고 있는데, 강윤의 휴대전화가 요란하게 울렸다. 홍보팀 한 과장의 전화였다.

"네, 한 과장님. 무슨 일입니까?"

─오늘 S대학 축제에 디에스가 참여한다고 트위서에 올라왔습니다.

"맞습니다. 무슨 문제 있습니까?"

─그런데 행사비에 대해 이상한 말이 나오고 있어 연락을 드렸습니다. 디에스가 대학 행사비를 어떻게 쓸지 트위서에 화제가 되고 있어서 말입니다.

"행사비요? 별별 말들이 다 도는 트위서긴 하죠. 어차피 장학금으로 돌릴 돈이었습니다. 바로 트위서에 소문내고 조치를 취해주세요."

─그럼 회사에 소득은 없는 겁니까? 실적이 없다는 말이 나올 텐데요.

"어차피 당분간 적자 운영입니나. 흑자로 돌아서는 건 디에스가 방송에 나가고, 행사가 들어오는 시점이 될 테니까 괜찮습니다."

강윤은 지시를 내리고 전화를 끊었다.

'사촌이 땅을 사면 배가 아픈 게 사람이라더니. 행사비 얼마나 된다고…….'

100만 원도 안 되는 행사비를 가지고 왈가왈부한 사람들을 보면 참…….

강윤은 어깨를 으쓱였다.

S대학은 전국 순위에 드는 대학답게 축제에 출연하는 가수진도 화려했다. 그러나 문제가 있었다.

'첫날하고 마지막 날에 쏠려 있네?'

무대 뒤편에 마련된 대기실에서 강윤은 콘티를 보며 어깨를 으쓱였다. 오늘은 3일째. 무슨 문제인지는 몰라도 한 연예인을 불렀다가 펑크가 나는 바람에 결국 그 빈자리를 디에스가 대신하게 되었다.

"아, 떨려. 대학에도 와보네."

윤혜린은 두근거리는 가슴에서 손을 떼지 못하고 있었다. 방송 무대보다 지금 무대가 더 떨리는 기분이었다. 거리 공연에서의 가벼운 복장은 이제 없었다. 무대 의상으로 환복했다. 섹시한 미를 보일 타이트한 짧은 원피스는 사람들의 시선을 단번에 사로잡을 만했다.

"팀장님……."

김진경도 별반 다르지 않았다. 그녀는 휴대전화에서 손을 떼지 못하고 있었다. 떨리는 마음을 트위서로 달래고 있는 모양이었다. 트위서에는 기대한다며 꼭 가겠다는 응원의 말들로 빼곡히 도배되어 있었다.

강윤은 떨고 있는 두 여인에게 차분히 말했다.

"어차피 아까 관객들하고 크게 다르지 않아. 다만 무대가 더 큰 거지."

"……."

"너희는 잘할 거야."

강윤의 말에는 이상한 힘이 있었다. 그의 말은 그녀들의 두근거리는 마음을 대번에 안정시켰다. 그 힘은 평소, 말없이 그녀들을 지원하고 든든히 지켜주었던 모습에서 나온 신뢰에서 나온 것이었다. 윤혜린이나 김진경이나 강윤의 이런 모습이 든든하고, 고마웠다.

"시간 됐다."

강윤의 말과 함께, 그녀들은 대기실을 나서 무대 뒤편으로 갔다. 무대 위에서는 학교 동아리 밴드의 공연이 막바지에 다다르고 있었다.

'음표들이 완전히 합쳐지진 않는구나.'

강윤은 관중석에 마련된 자신의 좌석에 앉았다. 밴드를 보니, 하얀빛 안에 음표들이 떠다니는 모습들이 비쳤다. 빛의 밝기는 약했다.

회색은 보이지 않았지만, 그동안 프로들의 무대들에서 보인 화합과는 많이 다른 모습이었다.

관객들도 앞좌석의 관객들만 손을 들고 환호할 뿐, 뒤로 갈수록 반응은 미약했다. 아예 대놓고 딴짓을 하는 사람들도 많았다. 빛이 닿지 않기에 오는 영향이었다. 막바지였지만 강윤도 사실, 매우 지루했다.

"감사합니다."

동아리 밴드가 인사를 하고 들어갔지만, 강윤은 박수가 잘 나오지 않았다. 아니, 억지로 치기는 했다. 그는 이런 공연을 관객들이 보게 하지 말자고, 스스로 다짐했다.

"……이어지는 무대입니다. 아, 오늘 어렵게 모셨습니다."

앞에 간략한 멘트가 이어지고, 드디어 그녀들이 나설 차례가 되었다.

"소개합니다. 요새 트위서에선 여신으로 통하는 그녀들입니다. 디에스!"

"와아아아아-! 디에스! 디에스!"

사회자의 굵직한 소개와 함께, 디에스가 늘씬한 다리를 드러내며 무대에 모습을 드러냈다. 거리 공연에서 항상 청바지만 입어온 그녀들이었기에, 이런 색다른 모습은 관객들을 열광의 도가니로 빠져들게 하였다.

-누구보다 넌~ 내 소중한~ 행복인걸-!

간단한 인사와 함께, 디에스의 노래가 시작되자 관객들의 손이 일제히 하늘로 솟았다. 느린 템포의 재즈곡이 공연장 전체를 울리자 강윤의 눈에도 보라색 음표들이 춤을 추기 시작했다.

'소리가 날카롭군.'

강윤은 바로 엔지니어석으로 달려갔다.

"죄송한데 아리스의 마이크에서 하이톤을 줄여주시겠습니까?"

"이 정도면 될까요?"

엔지니어는 강윤의 요구에 믹서를 조작했다. 사전 리허설을 하지 못해 가수에게 맞는 세팅을 하지 못했다. 노래를 부르며 직접 맞추는 세팅은 쉽지 않은 법이다.

"혜린이는 저음을 조금만 추가해 주세요. 조금만 더. 너무 들어갔네요. 조금만."

두 사람의 음표가 선명해지자 강윤은 오케이를 했다. 엔지니어도 스피커를 통해 나오는 소리에 만족했는지 놀라는 표정이었다.

"소리 좋네요. 듣는 귀가 열리셨네요. 혹시 엔지니어십니까?"

엔지니어는 활기찬 성격인지 강윤에게 활기차게 말을 걸어왔다. 강윤은 편안하게 그를 받아주었다.

"아니요. 그냥 회사 직원입니다."

"현장에서 이렇게 바로 맞추기 쉽지 않은데……. 음향회사 직원분인 줄 알았습니다."

엔지니어는 무대의 가수가 편안하게 노래에 집중하는 모습에서 대번에 알 수 있었다. 지금의 세팅이 최적이라는 걸 말이다. 새삼 강윤이 다르게 보였다.

자리로 돌아온 강윤은 무대에 디에서의 무대에 집중했다. 거리 공연을 하며 점점 나아지더니 지금은 완벽히 무대 장악을 하고 있었다.

―너의 마음은~ 나의―!

공연장의 빛이 더더욱 강렬해졌다. 강윤을 넘어 관객석 끝까지, 빛이 닿고 있었다. 그녀들의 화음이 어우러질수록 빛은 힘을 얻었고 음표들도 점점 강해졌다.

그리고 절정에서.

―아아―! 사랑해― 영원히― 영원히――!

빛이 절정에 달했다. 눈을 감은 김진경의 소리를 높이고, 윤혜린이 음을 낮춰 만든 화음이 멋들어진 음을 만들었다. 느리지만 감각적인 리듬감으로 곡을 살리는 잼배와 재즈의 분위기를 더하는 피아노 소리가 곡을 멋들어지게 꾸며주었다.

"야아……! 콘서트야, 콘서트."

"흑흑, 나 오늘부터 팬 할래."

관객석은 폭발할 지경이었다. 맨 앞에서 긴장하며 관객들의 반응을 지켜보던 강윤은 안도의 한숨을 내쉬었다.

'휴. 한 고비는 넘겼군.'

강윤은 한숨을 돌렸다.

새하얀 빛이 사람들에게 스며들며 관객의 환호와 함께 디에스의 노래가 끝을 맺었다.

"감사합니다."

"우와아아아아ㅡ!"

디에스의 인사와 함께 지금까지 거리에서와는 비교도 할 수 없을 만큼, 엄청난 함성이 S대학을 쩌렁쩌렁 울려댔다.

♪♩♫♪♩♫♫♪♪

디에스, 대학 축제의 핫스타 등극.

그룹 디에스(멤버 혜린, 아리스)가 대학 축제의 핫스타로 떠올랐다.

24일 있었던 서울 모 대학 축제에서 1천 명 이상의 관객(S대학 학생회 추산)을 동원한 디에스는 이후 K대학, G대학 등 20여 개 대학의 러브콜을 잇달아 받으며 대학 축제의 뜨거운 아이콘으로 떠올랐다. 색다른 재즈풍의 노래와 친근한 무대 매너, 청순하면서 귀여운 외모 등이 SNS에서 잇달아 화제가 되어 돌풍을 일으킨 것으로 분석된다.

그룹 디에스는 2005년 10월, 1집 타이틀 '너는 내 안에 있어'로 데뷔했으나…….

……중략…….

디에스는 대학에서 받은 행사 비용 전액을 대학생을 위한 장학금으로 사용하겠다 밝혀 비싼 등록금에 허덕이는 대학생들을 생각한다는 개념 있는 가수라며 더더욱 화제가 되었다.

　-빠른 뉴스, 정확한 뉴스, 주작 없는 뉴스 랑인 기자.

"허허, 허허…… 허허허……."

강윤에게서 보고서를 받아 든 원진문 회장은 지금 무슨 말을 해야 할지 생각이 나질 않았다.

'이놈을 죽여, 살려?'

항상 강윤을 마르고 닳도록 칭찬하는 원진문 회장이었지만 지금은 드물게 이런 생각을 하고 있었다.

"강윤이, 아니, 이 팀장. 그, 그래. 후유, 후유. 아무리 행사로 벌어들인 금액이 적다지만……. 장학금이라니. 다 해봐야 500만 원이긴 하지만……. 그래, 이유를 말해보게. 그렇게 한 이유가 뭔가?"

행사비 전액, 장학금 쾌척!

가수 디에스의 이름으로 번 행사비 전액을 장학금으로 내던진 바람에 원진문 회장은 지금 어이없음을 넘어 가슴이 벌렁벌렁하고 있었다. 강윤에게 전권이 있어 더 말은 못 하겠고, 그렇다고 이건 아닌 것 같고. 머리가 아파져 왔다.

"홍보입니다."

"홍보? 허허……. 홍보라. SNS로 이름 그 정도 알렸으면 충분한 거 아니었나?"

"부족합니다."

"부족하다? 자네 계획대로 거리 공연으로 이름 알렸고, 대학 축제 무대까지 서서 이름 잘 알렸어. 차라리 기부하려면 행사비의 일부만 내면 되는 거지, 전액이라니. 게다가 돈에 관련된 부분은 회사와 상의해서 결정했어야 하는 부분이야. 경솔했어."

"디에스와 관련된 부분은 제 권한으로 알고 있습니다."

"그건 맞지만……. 하아."

디에스와 관련된 '모든' 사항은 강윤에게 달려 있었다. 그의 말이 맞았다. 그러나 500만 원이 아파 말을 안 할 수도 없었다. 물론 MG엔터테인먼트 가수가 한 번 나가서 벌어오는 행사비에 비하면 많은 금액은 아니었지만, 그래도 디에스가 벌어온 행사비 500만 원이라면 의미는 달랐다.

"회장님. 제가 장학금으로 행사비를 낸 건 더 큰 그림을 그리기 위함입니다."

"……."

원진문 회장은 무언으로 일관하며 보고서를 넘겼다. 일종의 시위였다. 그런데 얄궂게도 보고서에는 강윤이 장학금을 낸 이후의 계획들이 펼쳐져 있었다. 원진문 회장은 마음을 가라앉히고 정독했다.

"……결국 긍정적 여론을 형성하기 위한 비용이다?"

"그렇습니다. 디에스가 MG엔터테인먼트 소속의 가수라는 이유로 거리 공연에 대한 안 좋은 여론도 은근히 있었습니다. 저희가 행사비까지 받으면 이걸로 역풍을 맞을 우려도 있었습니다. 이까짓 푼돈은 오히려 독입니다."

"푼돈이라. 더 크게 노리는 게 있다는 건가?"

"적자를 흑자로 돌려야 하지 않겠습니까?"

강윤은 자신 있게 다음 계획을 이야기하기 시작했다.

to be continued

내 안에 몬스터 있다

형상준 현대 판타지 장편소설

태양의 흑점 폭발과 함께 새로운 시대가 찾아왔다!

마나와 능력자, 그리고 몬스터가 존재하는 현대.
그리고 그곳을 살아가는 마나석 가공 판매업자 김호철.
평소처럼 마나석을 탄 꿀물을 마시던 그는
번개에 맞고 신비로운 힘을 각성하게 되는데…….

'내 안에서 몬스터가…… 나왔다?'

그것도 김호철이 먹은 마나석의 개수만큼 많이.

온후 현대 판타지 장편 소설

던전 사냥꾼

Dungeon Hunter

나는 실패했고, 다시 도전한다.
더 이상 실패란 없다!

마왕이 되고자 했으나 실패한 랜달프
생의 마지막 순간
과거로 돌아오다!

다시 한 번 주어진 기회
이제 다시는 잃지 않겠다!

지구에 나타난 72개의 던전과 그곳의 주인들.
그리고 각성자들.
나는 그들 모두를 잡아먹는 사냥꾼이다.

반자개 장편 소설

WISHBOOKS MODERN FANTASY STORY

건축의 신

누구도 내딛어 보지 못한
그 한 걸음을 내딛는 자!

평범한 가구 회사에 다니던 성훈
그러던 어느 날,
사고로 인해 20년 전으로 돌아왔다!

다시 시작하는 삶.
절대로 헛되이 보내지 않겠다!

세계 최고의 건축가가 되기 위한
성훈의 활약이 펼쳐진다!

우지호 장편소설

빅 라이프

돈도 없고 인기도 없는 무명작가 하재건,
필사적으로 글을 써도
절망뿐인 인생에 빛은 보이지 않는데…….

어느 날,
그가 베푼 작은 선의가
누구도 믿지 못할 기적이 되어 찾아왔다!

'글을 쓰겠다고 처음 결심했던 때를
잊지 말게.'

무명작가의 인생 대반전!
지금 시작됩니다.